JN306006

L

〜美しき淫獣〜

愁堂れな

幻冬舎ルチル文庫

CONTENTS

✦目次✦

COOL ～美しき淫獣～

✦カバーデザイン＝chiaki-k（コガモデザイン）
✦ブックデザイン＝まるか工房

イラスト・麻々原絵里依✦

COOL ～美しき淫獣～

1

「左遷？」

「シーッ、誠《まこと》、声がでかいって」

慌てた様子で桜井豪《さくらいごう》が、本城誠《ほんじょう》の口を塞《ふさ》ぐ。

「暑苦しいな。くっつくなって」

その手をうるさげに本城は払いのけ、今、内緒だという言葉と共に耳打ちをしてきた同僚をじろりと睨《にら》んだ。

「冷たいこと言うなよ。俺、誠にだったら抱かれてもいいと思ってるのにさ」

ふざけてシナを作ってみせた桜井は、すらりとした長身の持ち主で、ここ、新宿《しんじゅく》中央署内の婦警たちの人気も高い。

育ちのよさを感じさせる甘いマスクと、刑事という職業には相応《ふさわ》しくない肩までのばした綺麗《きれい》な髪をしており、普段はそれを一つに結んでいる。

一方『抱かれてもいい』と言われたほうの本城もまた長身で、顔立ちは整っているものの桜井ほどの人気はない。

というのも、女性に対して常に愛想よく振る舞う桜井とは違い、至って武骨であるためと、また、初対面の相手に格闘家と間違われるような、見事なガタイをしているためだった。

筋骨隆々タイプは女性にはあまり受け入れられないのである。

二人は年齢も同じ二十九歳、警察学校も同期なら、同じ交番勤務を経て新宿中央署の刑事課に配属となったのも同時期、そして階級も同じ巡査部長という仲で、今や刑事課の名コンビと言われていた。

性格は正反対であるものの、不思議と気は合い、仕事を離れたところでも『親友』といっていい付き合いをしている。

見た目の武骨な本城は、性格もまた『武骨』であり、何かと上と衝突することが多いのだが、それを物腰柔らかく、人当たりのいい桜井がカバーする、といったことが日常茶飯事となっている。

警察内の人事などに気を取られるくらいなら、逃走中の凶悪犯を街に出て捜していたほうが有意義だ、という考えの持ち主である本城の耳に、組織内の勢力図や人事異動の情報をいろいろ吹き込むのも桜井の役目だった。

今も桜井は、本日付で刑事課に配属になるという人物の情報を本城にもたらした。

通常なら異動者が着任する一週間前には、経歴や役職などの情報が流れてくるのだが、なぜか今回にかぎってはまるで明らかにされておらず、情報通の桜井があれこれと手を回しても、名前どころかどこから異動になるのかという情報すら、得ることができなかった。

それがようやくわかったのだ、と桜井は勢い込んで本城に教えようとしたのだが、異動者が誰かなどは来ればわかる、と、まったく興味を抱《いだ》いていない本城には、まさに猫に小判、豚に真珠の情報だった。

「何が『抱かれてもいい』だよ。気持ち悪《わり》ぃ」

「気持ち悪いとは失敬な」

本城に相手にされないことなど、桜井にとってはそれこそ日常茶飯事であったので、笑って流すと、尚も彼の耳元に口を近づけ、こそこそと囁《ささや》き始める。

「さっきも言ったが、今までシークレット状態だったのは、どうも、今日着任してくる人物が本庁の警部であるにもかかわらず、ヒラ刑事として異動してくるかららしい。何かしでかしたに違いない、と人事のほうじゃ、もっぱらの評判になってるぜ」

「何かしでかしたんなら、懲戒処分になんだろ」

異動なんかじゃなく、と言い捨てた本城に、

「声が高いって」

と桜井がスーツの袖《そで》を引く。

「女子高生じゃあるまいし、野郎二人がこそこそ内緒話してるほうが気色悪いだろうがよ」

離せ、と本城が桜井の手を邪険に振り払ったそのとき刑事課のドアが開き、有吉《ありよし》刑事部長

が一人の若い男を伴い入ってきた。

「みんな、ちょっと集まってくれ」

部下からは狸《たぬき》オヤジの異名を取る、老獪《ろうかい》を絵に描いたような刑事部長が声を張り上げる。

その場にいた者たちは皆、手を休め声のほうを見たのだが、その瞬間、室内に奇妙な沈黙が訪れた。

本城もまた、隣で耳元に「来た来た」と囁いてくる桜井を、「うるせえ」と睨み付けたあとに視線を部長のほうへと向けたのだが、部長の少し後ろに立っていた男の姿が目に入った途端、思わず息を呑《の》んでいた。

皆が皆、それぞれに息を呑んだあと、食い入るようにその顔を見つめ始めたために生まれた沈黙の中、本城も、男の顔を我知らぬうちに凝視してしまった。

絶世の美貌《びぼう》——そんな、普段の本城の脳内では浮かぶことのない言葉が頭の中を巡っている。未だかつて、こうも美しい人間を見たことはなかった、と本城は、目の前に突然現れた男の白い小さな顔を見つめ続けた。

身長は百七十五センチくらいか、頭が小さく、すらりとした細身の体軀《たいく》をしている。薄茶の髪は肌の白さから、染めているのではなく天然の色と思われる。

さらりとした髪がかかる白い顔は、生粋《きっすい》の日本人とは見えなかった。長い睫《まつげ》に縁取られた大きな瞳《ひとみ》、すっと通った鼻筋、そして薄赤い形のいい唇と、メディアで見るどのような美人女優やモデルをも凌駕《りょうが》するといっていい美貌に、本城だけでなく、室内にいた人間全員が圧倒されていた。

あまりに皆が静まりかえったことで、刑事部長が狼狽《うろた》えたらしい。ゴホン、と不自然な咳《せき》払いをすると、美貌の男を紹介し始めたのだが、そのだみ声を聞いてようやく皆、呪縛《じゅばく》が解けたかのように口を開き、今度は一気に室内が、こそこそ囁き合う声で満たされることとなった。

「ちょっと静かにしてくれ。紹介する。今日から刑事課に配属となった柚木容右《ゆずきようすけ》警部だ。前所属は警視庁捜査一課。年齢は二十八歳だったね。それでは柚木警部、ご挨拶《あいさつ》を」

有吉が一歩下がり、柚木に声をかける。柚木は部長に微笑《ほほえ》み頷《うなず》き返すと、一歩前に出、凛《りん》とした声で話し始めた。

「柚木です。よろしくお願いします」

挨拶は一言だった。そのあと、軽く会釈をしたが、その様子もどことなく気取っている、もしくは偉そうに見える。

本庁と所轄署とは、もともと相容れないところがあるのだが、その理由の大半は、本庁の刑事が所轄を一段下に見ている傾向が強いことにあった。

この柚木という男も自分たちを馬鹿にしているのではないか——そういった空気が一瞬にして室内に流れるのを、本城は肌で感じ、馬鹿馬鹿しい、と心の中で肩を竦《すく》めた。

捜査時に感じる、本庁の刑事の優越感も、そして所轄の刑事の劣等感も、本城にとっては、くだらない、としかいいようのない感情だった。

大切なのは犯人逮捕、それ一つなのに、なぜ敢《あ》えて警察内で揉《も》めるのか。まったくもって理解できない、と、常日頃からそういった感情に辟易《へきえき》としていた本城の目には、柚木の態度が所轄の刑事である自分たちを馬鹿にしたものには見えていなかった。

着任の挨拶をした、それだけだろう。おそらく自分ももし異動になったとしたら、異動先では同じような挨拶をするに違いないと思ったからなのだが、本城のように感じた人間は彼以外、いないようだった。

「それじゃ課長、あとは頼む」

刑事部長も敏感に空気を読んだようで、あとを課長に託すと、そそくさと部屋を出ていった。

「あ、ああ、柚木君、君の席はここだ」

刑事課長の佐藤《さとう》が、おずおずと柚木に声をかける。その様子を見るとはなしに見ていた本城に、横から桜井がこそりと囁いてきた。

「課長も同じ『警部』だからな。やりにくかろうよ」

「……くだらねえなあ」

そういうことか、と、呆《あき》れたあまり本城はそう呟《つぶや》いたのだが、その声が届いたのか、柚木がすっと目線を彼へと注いできた。

「……っ」

綺麗な目に見つめられ、変に鼓動が高鳴る。慌てて目を逸《そ》らした本城は、男に見つめられたくらいで何を動揺しているんだ、とそんな自身に呆れるあまり、小さく溜《た》め息を漏らした。

と、そのとき、先ほど聞いたばかりの凛とした声が響き、本城の注意をさらった。

「君、名前は？」

視線を向けるまで本城は、その問いが自分に発せられたものだとはまったく思っていなかった。それゆえ、柚木が真《ま》っ直《す》ぐに自分を見据えているのに気づいた途端、

「え？」

と戸惑いの声を上げたのだが、すぐに我に返ると先ほどの柚木よろしく、会釈にもならない会釈と共に名前を告げた。

「本城です」

「ああ、そうだ、柚木君、刑事課の皆を紹介するよ。さあ、皆、集まってくれ」

佐藤が慌てた口調で課の皆を集め、事務員を含め十二人いる課員たちにそれぞれ自己紹介させた。

本城は既に名乗っていたので、あとは年功序列でそれぞれ名前を言い、軽く会釈をする。愛想笑いを浮かべる者も中にはいたが、柚木のリアクションは一貫して淡白だった。

「よろしくお願いします」

一言そう言い、軽く頭を下げる。そのリアクションは、桜井がおちゃらけてみせたときにも変わらなかった。

「桜井豪です。みんなからは親しみを込めて『ゴー！』と呼ばれてます」

『ゴー』のところは、それが名字である有名男性歌手の物真似を振り付きでしたのだが、周囲が呆れたり、杉山《すぎやま》という若い女性事務員が、くすくす笑うのに対し、柚木はなんのリアクションも——ふざけるな、と怒ることも、勿論《もちろん》笑うこともせず、

「よろしく」

と会釈したのみだった。

「ノリ、悪」

玉砕、とばかりに引っ込んだ桜井が、傍《そば》にいた本城の耳元にぼそりと呟く。

「見るからに悪そうじゃねえか」

本城もまた、そう囁き返したのだが、その声が届いたのか柚木が彼を見た。

「ああ、本城君、君も自己紹介を」

それに気づいたらしい佐藤が慌ててそう言うのに、

「もうしましたが」

「もう聞きました」

という、本城と柚木、二人の声がほぼ同時に響いた。

「…………」

「…………」

まるで示し合わせたかのように重なった声音に、思わず本城は柚木を見たが、柚木も少し驚いたように目を見開き、本城を見ていた。

二人の視線が一瞬絡まる。が、すぐに柚木はすっと本城から目を逸らせると、ぐるりと周囲を見渡し、

「よろしくお願いします」

と、少しの感情もこもっていない口調でそう言って、形ばかりの笑顔を見せたのだった。

「今夜、柚木君の歓迎会をやる。都合のつく者は出てくれ。会場はいつもの『ととや』だ」

課長の声に課員たちは皆、口々に「はい」「わかりました」と返事をしたが、乗り気な様子の人間は誰もいなかった。

一瞬にして敵愾心を抱かれるというのも凄《すご》いな、と本城は席に戻りつつ、柚木をつい見やってしまった。と、視線を感じたのかまた、柚木がちらと本城を見る。

しかし綺麗な目だな、と、尚も本城がじろじろと柚木を見ていると、柚木はうるさそうな表情となり、また、ふいと目を逸らしてしまった。

と、そんな彼に、課内の紅一点、杉山が恥ずかしそうに声をかける。

「あの、柚木さん、総務に柚木さんの荷物が届いているそうです。運ぶの、お手伝いしましょうか?」

男からは総スカンをくらったが、あの美貌で女性のハートはがっちりキャッチしたらしい。

そう思いながら本城が見ている前で、柚木は一目で愛想笑いとわかる笑みを浮かべると、

「いや、大丈夫です」

と答え、一人部屋を出ていってしまった。

「あ、柚木さーん、総務部、わかります?」

杉山が慌てた様子で彼のあとを追う。

「顔のいい奴は得だねえ。多少態度が悪くても女子に大事にされるから」

本人も『顔のいい』ことは充分自覚しているだろうに、桜井が隣の席から身を乗り出し、本城に話しかけてくる。

「空席は誠の前しかないから、席はそこだろうな」

「席なんて関係ねえだろ。ほとんどいねえんだし」

「えー、そうかな」

物言いたげな桜井を、本城がじろりと睨む。

「なんだよ」

「いや、誠、あの美人に気でもあんのかと思って」

「美人ったって、男だろ？　男にゃ興味、ねえよ」

何を馬鹿な、と呆れた本城の顔を、桜井が覗《のぞ》き込んでくる。

「あのくらい美人なら、男でもＯＫなのかと思ってた」

「馬鹿言うな」

お前じゃあるまいし、と本城が揶揄《やゆ》したのは、桜井が情報屋として雇っているゲイボーイと懇意にしていることを知っていたためだった。

「馬鹿じゃないよ。だってさ、誠、あの美人と頻繁にアイコンタクト取ってたじゃん」

見てたぜ、と逆にからかってくる桜井の頭を、本城がぺしっと叩く。

「いってー。柔道三段、少しは加減しろって」

「てめえも三段だろ」

大仰に痛がる桜井を、もう一発、と殴ると本城は、

「それより、報告書、上げろよな」

と、昨日解決した事件に関する報告書を、ほら、と桜井に差し出した。

「なんで俺が」

「じゃんけんで負けたから」

「最近三連敗中なんだよなあ」

ぶつくさ言いながらも、書類を書き始めた桜井を横目に、本城は経理から散々遅いと文句

を言われている経費の精算を始めたのだが、ふと気づくと頭の中に、先ほど見たばかりの柚木の姿を思い浮かべていた。

今まで、美女や美男と評判の男女は数多く見てきた。特に先月、人気モデルがストーカーに襲われるという事件があったため、本城は美貌が売りのモデルたち何人もに聞き込みをしたが、何十万、何百万のファンがいるという彼らの誰一人として、その場にいた全員から声を奪うほどの迫力ある美貌の持ち主はいなかった。

それをモデルでも俳優でもない——そう、刑事という、美貌など無用である職業に就いているあの柚木は持ち合わせているのだなあ、と、その顔を思い出していたそのとき、ドアのほうからどこか媚《こ》びを感じさせる杉山の声が響いてきた。

「柚木さんの机はあそこです。あ、コーヒー、淹《い》れますね」

頬《ほお》をバラ色に染め、瞳をきらきらと輝かせた杉山は、新宿中央署内でも五本の指に入るという可愛さで、彼女を狙う男連中も多い。

だが可愛い顔に似合わぬ計算高さを持ち合わせている彼女は、将来の出世が見込める相手としか付き合わないと公言し、彼女の目から見て雑魚《ざこ》と思われる男たちの誘いを断りまくっていた。

桜井同様、情報通の彼女の耳に、柚木が本庁からの左遷であるという噂《うわさ》は当然入っているであろうに、それでもああも世話を焼くというのは、『出世』に『美貌』が勝ったからだろう、と、半ば呆れ、半ば感心しつつ、うきうきとコーヒーメーカーをセットし始めた彼女の後ろ姿を見ていた本城は、どさ、という音に我に返り、自分の前の席を見やった。

「はみ出してます」

視線が合った途端、ダンボールを机に置いた柚木が、じろ、とその机の上を見る。

「あ、すみません」

整理整頓《せいりせいとん》が苦手な本城の机の上は、桜井曰《いわ》く『魔窟《まくつ》』と化しているのだが、書類の山が崩れ向かいの空き机を侵食していた。

手を伸ばして『はみ出した』部分の書類を摑《つか》み、自分の机へと引き戻す。途端に別の山が崩れ、今度は隣の桜井の机を侵食した。

「誠、邪魔」

「もう、本城さん、いい加減机、片付けてください」

桜井と、ちょうどコーヒーを持ってきた杉山から同時にクレームを言われ、

「悪ぃ悪ぃ」

と二人を拝むと、崩れた書類の山を揃《そろ》えて整える。

「はい、どうぞ」

杉山が満面の笑みを浮かべて柚木にコーヒーを手渡したあと、机を回り込み、本城をじろりと睨んだ。

「置けないじゃないですか」

口を尖《とが》らせる杉山は、だが、『出世』からはほど遠いところにいるにもかかわらず、本城に対してはごくごく好意的に接していた。

というのも、本城が彼女を狙っていないというのがよくよくわかるからだそうで、安心して付き合えるというのである。

「手渡してくれりゃいいだろ」

今、柚木にしてたみたいによ、と本城もまた杉山を睨んだのだが、杉山は、

「いやです」

と即答すると、それまで本城が広げていた伝票の上にプラスチックのカップホルダーを置いた。

「コーヒーで伝票汚すなよ」

「淹れてあげただけ、ありがたく思ってくださいよ」

いつものように、少しの愛想もないやりとりをしたあと、本城と同じく自分に少しも下心を抱いているとは思えないという理由で気易く接している桜井に対しても、杉山は愛想のかけらも見せず、

「ほら、コーヒー」

と、プラスチックのカップホルダーを差し出した。

「手渡してくれりゃいいだろよ」

ふざけて本城の真似をする桜井に、

「ぜんっぜん、面白くない」

と杉山は吐き捨てると、コーヒーが零《こぼ》れそうな勢いでカップホルダーを桜井の机に置き立ち去ろうとした。

「怖《こえ》ええ」

桜井が更にふざけたそのとき、思いもかけないところから声がし、場の注意をさらった。

「ここでは勤務中の私語が認められているのですか」

凛とした声の主は、本城の前でダンボールの中から書籍等を取り出していた柚木だった。

「す、すみませんっ」

はっとし、詫《わ》びたのは杉山で、泣きだしそうな顔をしている。彼女があれだけ好意のあることをアピールしていたのに、と、杉山が気の毒になった本城はつい、柚木に言い返していた。

「課内のコミュニケーションの一環だ。この程度で目くじらを立てることもないだろう」

「本城さん……」

杉山がそう呼びかけ、潤んだ目で本城を見る。柚木も本城を見やったが、すぐにすっと目線を自身の手元に逸らせると、

「私語が認められているか否かを知りたかっただけです。認められているということですね」

そう告げ、再び淡々とダンボールの中からものを取り出し始めた。

「…………」

なんなんだ――それがまず、本城の抱いた感想だった。注意をしたのではないのか、と問い質《ただ》したかったが、既に柚木は自身の作業に没頭しており、声をかけられるような雰囲気ではない。

「……誠」

横から声をかけてきた桜井が、本城に対し、面倒だな、というように肩を竦める。本当に、と頷き返しながらも本城は視界の隅で、淡々と机の上を整理し始めた柚木の姿を捉《とら》えていた。


その夜の歓迎会は参加できる者のみ、ということにはなっていたが、結局は佐藤課長を含めた課員十三名、プラス主役である柚木の、計十四名が、中央署近所の居酒屋『ととや』に集うこととなった。

「今日は無礼講だ」

いつもの調子で佐藤がそう言い、乾杯となったのだが、その席でも柚木は皆に対し、至ってクールに対応していた。

「柚木さん、彼女、いるんですかあ？」

ちゃっかり隣に陣取った杉山が、酔ったふりをし、しなだれかかるのにも顔色一つ変えず、

「いませんよ」

と微笑んで答える。

「えー、それじゃ、どういう子がタイプなんですかあ？」

更に問いかける杉山に、柚木は、いかにも優等生的な答えを返した。

「別に具体的な『好み』はないよ。強いていえば、そのとき付き合っている人が好みのタイプ、ということになるかな」

「やーん、そうなんだー」

「なにが『そのとき付き合っている人』だよなあ」

いつものように本城の隣の席をキープしていた桜井が、顔を顰《しか》めつつこそりと囁いてくる。

「荒れてんな。どうした？」

いつにない桜井のやさぐれっぷりが気になり、本城が問いかける。

「別に。なんとなくいけ好かないだけさ」

肩を竦める桜井に、本城は驚きの視線を向ける。

「なによ」

「いや、博愛主義のお前にしては珍しいと思ってよ」

本城の知るかぎり、桜井は世の中を上手《うま》く渡り歩くタイプで、ほとんどの人間と問題なくやっていた。その彼が『いけ好かない』などという表現を使うとは、と驚き問いかけた本城に、

「博愛主義なんかじゃないよ」

と桜井が苦笑する。

「何が気に入らねえんだ？　まだほとんど交流ないはずだが」

本城が桜井を追及したのは単に、普段には見られない彼の言動を不審に思ったためなのだが、桜井はそうはとらなかったようで、

「変に気にするじゃない？」

と逆に本城に絡んできた。

「そうか？」

「ああ、なんであの柚木って新顔を俺が気に入らないのが気になるんだ？」

早くも酔い始めているらしい桜井が、しなだれかかりながら問いかけてくるのに、

「そうじゃなくて」

と彼の身体《からだ》を押し戻したと同時に、目の前に立つ人影に気づき、本城は視線を上げた。

「どうも」

にっこり、と、いかにもな作り笑いを浮かべていたのは、話題の主、柚木だった。手にはビール瓶《びん》を携えている。

「あ、どうも」

慌てて頭を下げ、瓶を差し出されたためにグラスを差し出す。柚木は本城のグラスにビールを注《つ》ぎながら、明るく話しかけてきた。

「本城さんと桜井さんは同期だそうですね。随分仲がよろしいようで」

「いや、普通ですよ」

「はい、めちゃめちゃ、仲良しです」

本城の淡々とした答えと、桜井のやたらと攻撃的な答えが、シンクロして響く。

「名コンビと言われています」

尚も言葉を足す桜井の頭を、本城が、

「アホか」

と叩く。

「ね、名コンビでしょ」

痛いなあ、と頭を摩《さす》りながらも、胸を張る桜井に、何かに対抗しているようだな、と思いつつも本城が再び、

「アホ」

と頭を叩いたのを見て、柚木が苦笑した。

「本当に名コンビだ。すぐにも売り出せるんじゃないですか」

「だってよ。お笑い目指すか、誠」

何が嬉しいのか、陽気に笑いながら肩を抱いてくる桜井の頭を、思いっきり本城は殴ると、

「いってー」

と頭を抱えて蹲《うずくま》る彼に「馬鹿やってんじゃねえよ」と言い捨てた。

「いいじゃないの。実際名コンビなんだから」

痛い痛い、と頭を摩りながらも、ニッと笑いかけてくる桜井に、

「自分で言うなよ」

と本城が苦笑する。

実際、本城もまた、自分と桜井を『名コンビ』だと思っていた。ツーと言えばカーとでもいうのか、付き合いの長さから本城は桜井が何を考え、どう行動するかが手に取るようにわかったし、桜井もまた、自分の気持ちや行動を見切っていると確信していた。

だがそれを口に出すのは恥ずかしすぎるだろう、と、またも桜井の頭を叩くと、

「痛いってば」

とその手を捕らえた桜井が、本城の手の甲に唇を押し当て、チュッとキスをした。

「キモっ」

「なんでだよ」

慌てて桜井の手を振り払い、その桜井の衣服で手の甲を拭《ぬぐ》う本城を、桜井がじろりと睨み付ける。

「キモいだろ？　普通」

「冗談なのに。誠はシャレがわからないな」

「冗談でもキモいもんはキモい」

「俺だってキモいさ」

いつものように桜井とじゃれ合いを始めた本城だが、ふと視線を感じ、そのほうを見た。

「………………」

いつの間に自分たちの前から立ち去っていたのか、少し離れた席で杉山と談笑していた柚木が、すっと視線を逸らしたのが本城の目に映る。やたらと見られているが、何か気に障ることでもあったのか、と本城は一人首を傾《かし》げたのだが、まさかこの先、その柚木との間にとんでもない出来事が起こることまでは、未来を予測する力のない彼にわかろうはずもなかった。

2

「……う……」

物凄い胃のむかつきと共に本城は目覚めたのだが、まず、自分がそれまで寝ていた場所に見覚えがなかったため、ぎょっとし身体を起こした。

「……え……？」

思わず疑問の声を上げたのは、部屋に見覚えがない以上に、自分の隣に、まったく見慣れぬものがあったから——裸の男が寝ていたからだった。

「……え？　……ええ……？」

何がなんだかわからない、とずきずきと痛む頭を抱える本城の横に寝ていた男が、「ん……」と微《かす》かに呻《うめ》いたかと思うと、ごろりと寝返りを打ち、本城を見上げてくる。

「……おはよう……」

「えーっ」

寝起きにもかかわらず、見惚《みと》れるほどの美貌を誇るその顔に、にっこりと笑みを浮かべていたのは、昨日、新宿中央署に配属になったばかりの柚木警部だった。

どうして彼と自分はこの見知らぬ部屋で、全裸のまま一つベッドで寝ていたのか、それを思い起こそうとする本城の頭には今、怒濤《どとう》のように昨夜の出来事が巡っていた。

『ととや』での一次会が終わったあと、いつものように若手で二次会へと繰り出した。二次会会場は、これまたいつものごとき『ととや』の隣のカラオケボックスで、皆して四時間ほど歌い、騒いだあと、明日も早いから、ということでお開きとなった。

歓迎される当人である柚木も当然その場にいた。本城は酔い潰《つぶ》れた杉山を家が近所の桜井に託し、そのまま帰ろうとしたのだが、そのときいきなり背後から柚木に声をかけられたのだった。

「まだ飲み足りないようですね。もう一軒、行きません？」

「あ、はい」

別に『飲み足りない』ということはなかったのだが、主賓がまだ飲みたいと言っているものを、先に帰すわけにはいかない。

そう思い、本城は他に付き合う人間はいないか、と周囲を見回したのだが、そのときには既に柚木が「行きましょう」という声と共に、すたすたと歩き始めていた。

「あの」

付き合うのは自分だけでいいという意思表示か、と思いつつ、本城は柚木のあとを追う。柚木が本城を連れていったのは、新宿駅東口近くにある、カウンターしかない小さなショットバーだった。

「いつもの」

やたらと綺麗な顔をしている若い男のバーテンダーに、柚木がそう告げると、バーテンダーは目を伏せたまま微笑み、柚木の前ではなく本城の前に褐色の液体の入ったグラスを置いた。

「どうぞ。奢《おご》りです」

「いや、別に奢ってもらわなくても……」

固辞しつつも、せっかくの好意を無にしては悪いと、グラスを手に取った。柚木の前にも同じような褐色の液体が入ったグラスが置かれており、彼もまたグラスを手に取り、本城に向かって笑顔でそれを掲げてみせた。

「乾杯」

「……乾杯」

ここはご馳走《ちそう》になるか、と本城は心の中で呟くと、柚木がグラスを一気に空けたのに驚きながらも、それなら自分も、と褐色の液体を一気に空けた。

「……美味《うま》い」

コーヒー味のその酒はやたらと口当たりがよく、思わずそう呟くと、すぐに次の一杯がバーテンダーにより差し出される。

「なんです？　これ」

「ふふ、なんだと思う？」

問いかけた本城に柚木はそう笑うと、あまりに美しい笑顔につい見惚れてしまっていた本城に対して身を乗り出し、顔を覗き込んできた。

「本城君、君、モテるね」

「はあ？」

二人になった途端、柚木の態度が今までとは打って変わってフレンドリーになったことにも充分本城は驚いていたのだが、その発言には更に驚き、素《す》っ頓狂《とんきょう》な声を上げてしまった。

そんな本城の横で、柚木がくすくす笑いながら言葉を続ける。

「桜井君も、それに杉山君も、君に夢中のようだし」

「いや、誤解ですよ」

思いも寄らない柚木の発言に、それは違う、と訂正を試みた本城だが、ふと、もしや彼の耳に、いつも桜井がふざけて言っている『誠にならの抱かれてもいい』系の発言が入ったのかも、と思い当たった。

桜井がゲイ扱いされては気の毒だ、と、まずはそれを訂正しようと本城が口を開く。

「桜井はよく抱かれたいだのなんだの口にしますが、あれは単にふざけているだけで、別に彼はゲイじゃありません」

ちなみに俺もですが、と続けようとした本城の言葉を遮り、柚木が微笑みながら新たなグラスを掲げてくる。

「今はそんなこと、どうでもいいじゃない」

飲もう、とグラスをぶつけられ、再び一気に飲み干す彼に倣い、本城も一気にグラスを空けた。

「いい飲みっぷりだね」

気に入った、と微笑む柚木の頰は酔いで紅潮し、瞳は潤んできらきらと煌《きら》めいている。昼間の取り澄ました顔もまた絶世の美貌だと感心したものだが、感情が表れると尚更に美しい、と、気づけば本城は柚木の顔にぼうっと見惚れてしまっていた。

「なに？　何かついてる？」

小首を傾げるようにし、その美しい顔を近づけ問いかけてくる仕草も、とてつもなく可愛らしい、とまたも見惚れていた自身に本城が気づかされたのは、柚木に、

「本城君？」

と腕を摑まれ、身体を揺さぶられてからだった。

「す、すんません」

いくら綺麗でも男相手に、会話を忘れるほど見惚れてしまうとは、と動揺した本城は、その後、柚木に勧められるがままに褐色のアルコールを何杯も呷《あお》った。

「ああ、酔っ払っちゃったなあ」

同じようにグラスを呷っていた柚木がそう言い、本城の胸にしなだれかかってくる。

「ゆ、柚木警部？」

さらりとした髪が頬を掠《かす》めた、その感触に、やたらと鼓動が高鳴ったのがわかった。柚木に呼びかける声も妙に掠れてしまったことに本城は動揺したのだが、己の胸に身体を預けたまま柚木が顔を上げ、

「部屋まで送ってくれる？」

と問いかけてきたのに、ますます彼の胸の鼓動は速まっていった。

支払いをしようとすると、美形のバーテンダーは、

「もう、柚木さんからいただいていますから」

と笑顔で答え、外にタクシーを呼んである、と、なんとも至れり尽くせりな対応をしてくれた。

酔い潰れた柚木の身体を支えるようにしてタクシーに乗り込み、行き先を彼に尋ねる。

「……新宿御苑《ぎょえん》近くのね、マンション。名前は……」

本城の腕の中で柚木は、やはり昼間の彼とは別人としか思えぬ甘えた声を出していた。

「そ、そこに行ってください」

相手は男だとわかっているのに、その声を聞いた瞬間、本城はひどくどぎまぎしてしまい、運転手にひっくり返った声でそう告げた。

本城自身、かなり酔ってはいたのだが、いつの間にか己の胸に顔を埋《うず》め眠り始めてしまった柚木の規則正しい呼吸音やら、鼻のあたりに触れる彼のさらさらの髪やら、身体から立ち上る柑橘《かんきつ》系のさわやかな香りやらが気になり、やたらと緊張が高まってきてしまっていた。

否、高まっているのは『緊張』ではなかった。早鐘のような鼓動や、不自然なほどに全身が火照ってくるこの身体の反応が何を意味するものか、わかっていながら本城は必死で気づかぬふりをしていた。

だが、柚木が「ん……」と微かに息を吐き、尚も身体を密着させてきたことを受け、本城の身体は彼の意図に反し、実に素直な反応を見せ始めた。

本城の胸を枕か何かと間違えているのか、柚木は更に深く顔を埋めてくる。ちょうどスーツのボタンを外していたせいで柚木の唇の温かさがシャツを通して肌に伝わってくるのを感じ、本城の鼓動は更に速まり、血液が体内を物凄い勢いで巡り始めた。

その血液は一気に下半身に流れ込み、本城の下肢を確実に変化させていった。早い話が彼は今、勃起しかかっていたのである。

信じられない。いくら美人とはいえ、今、胸に身体を預けてきているのは男だ。なぜ自分が同性相手に欲情せねばならんのだ、と本城は焦りまくり、必死で気持ちを――というよりは勃起を落ち着かせようとしたのだが、意識すればするだけ熱は下半身に集まり、雄は更に硬くなっていく。

落ち着け、落ち着け、と大きく息を吐き出すと、また、柚木が、

「ん……」

と小さく息を吐き、更に身体を密着させてくる。まったく、勘弁してくれ、と、ますます勃起に拍車がかかるような状態に陥っていくことに天を仰ぎながら、本城はタクシーが少しも早く目的地に到着することを祈った。

それから五分ほどしてタクシーは柚木が告げたマンションに到着したのだが、それがどう見ても超高級といわれるような佇《たたず》まいであることに、本城は唖然《あぜん》とした。

が、ほとんど意識のない柚木を部屋まで連れていくのは自分しかいない、ということがわかると、唖然とばかりもしていられず、運転手を待たせるのも気の毒と支払いをすませた後に、柚木に肩を貸しつつ、彼の部屋へと向かうことにした。

柚木は完全に寝てはいないらしく、オートロックの操作プレートに近づくとポケットからキーを出し、かざしてロックを解除した。

「何階ですか？」

エレベーターホールへと向かい、もう一度ロックを解除したあとにエレベーターに乗り込み、本城が尋ねると、柚木は自分で最上階のボタンを押した。

「…………すげえな」

思わず、ぼそりと本城が呟いたのは、一般的な知識として、この手のマンションの最上階は、購入価格にしろ賃貸料にしろ、棟内で最も高いと知っていたためだった。

エレベーターはすぐに最上階に到着し、扉が開くと、柚木は、こっち、というように本城に身体を預けたまま歩き始めた。

そのまま廊下を進み、一番奥の部屋へと辿《たど》り着く。と、柚木は本城に持っていた鍵を差し出してきた。

「…………」

開けろということか、と察し、本城は鍵を受け取ると、鍵穴に刺して回し、扉を開いた。

「……お邪魔しまーす」

ドアを開いた目の前は廊下で、突き当たりはリビングのようだった。廊下の両側に扉が三つある。まさか玄関に放り出して帰るわけにもいくまい、と、本城は靴を脱いだのだが、本城が思っていたより柚木の意識はしっかりしているのか、はたまた習慣が身体を動かしているのか、彼もまた自分で靴を脱ぎ、項垂《うなだ》れたまま、あっち、というように扉の一つを指さした。

柚木に肩を貸し、廊下の電気をつけ彼の示した扉のほうへと向かう。

「失礼しまーす」

一応声をかけたのは、これだけ広い――と思われるマンションに、柚木が一人で暮らしているのかと訝《いぶか》ったためだった。

飲み会で杉山に『付き合っている人はいない』と言っているのを聞き、なんとなく独身だと思っていたが、カムフラージュだったのかもしれない。そう思い、おそるおそるドアを開けたのだが、室内は真っ暗で人がいる気配はなかった。

手探りで照明をつけ、明るくなった部屋のあまりの広さと立派さに本城は思わず息を呑む。そこは柚木の寝室らしかったが、内装はまるで、高級マンションのモデルルームかと見紛《みまが》うほど、ゴージャスなものだった。

部屋の真ん中にキングサイズのベッドがあり、枕元には洒落《しゃれ》たガラスのサイドテーブルが置いてある。他に家具らしい家具はないが、それは壁一面に造り付けられた扉の向こうにウォークインクロゼットがあるためだと思われた。

正面の壁には一体何インチかと驚くような大画面のテレビがかかっている。遮光のカーテンはロイヤルブルー、ベッドカバーもブルーだった。

やろうと思えばこの上でプロレスでもできるんじゃないか、と思いつつ、本城は柚木を巨大なベッドへと運び、そっと彼の身体を横たえた。

が、ベッドカバーの上に寝かせるのも気の毒か、と考え、カバーを外してやろうと手を伸ばす。

「え？」

その瞬間、ぐい、と腕を引かれ、バランスを失い本城はそのままベッドに——柚木の上に倒れ込んだ。

「うわっ」

体勢を立て直そうとしたところを更に腕を引かれて仰向《あおむ》けにさせられ、身体を起こそうとしたときにはなぜか、本城の腹の上には泥酔し寝ていたはずの柚木がいた。

「お、おい？」

何がなんだかわからない。自身を見下ろす柚木の目が変に光っていることや、その表情から少しの酔いも感じられないこと、加えて、起き上がろうとするといきなり覆い被《かぶ》さってきた柚木が肩を押さえて制したのだが、その力が尋常ではなく強かったことなどなど、違和感ありまくりの状況に、本城はただただ唖然としていたのだが、自身を押さえつけながら柚木が、さも不満そうに告げた言葉に、ようやく我に返ったのだった。

「まったく、なんだってあんた、こんなに酒が強いんだ」

「はあ？」

意味がわからない、と目を見開いた本城を見下ろし、柚木が相変わらず不機嫌な声で言葉を続ける。

「コーヒーテキーラ、一体何杯飲んだ？　普通は意識、失うだろうが」

「テキーラ？」

コーヒー風味のあの酒はアルコール度数五十パーセント以上だというテキーラだったのか、と驚くと同時に、いつも以上に自分が酔った理由はそれか、と納得していたのだが、事態は彼をそんな呑気《のんき》な状況にいつまでも留《とど》めておいてはくれなかった。

「まあ、意識あったほうが、楽しいっちゃあ、楽しいが」

柚木がにやりと笑ったかと思うと、いきなり本城のベルトに手をかけてきたのである。

「お、おいっ⁉」

何をする、と抵抗しようとしたときにはベルトは外され、スラックスのファスナーを下ろされていた。そのままなんの躊躇《ためら》いもなく柚木は中に手を突っ込み、密《ひそ》かに熱を湛《たた》えたままでいた本城の雄を外へと引っ張り出す。

「ふうん」

ある程度の形を成していた雄を握り、柚木がまた、にやりと笑う。勃ってるじゃないか、と言いたげなその顔を見て、本城の頭にカッと血が上った。

「てめえ、何しやがるっ」

年齢《とし》は下らしかったが、階級は上であったため、それまで一応は柚木に対し敬語を使っていた。が、さすがにこの状況では敬語など使えない、と怒鳴りつけた本城に、柚木はどこまでも余裕の対応をした。

「『何』ってさすがにわかるだろ」

呆れたようにそう告げると、すっと身体を移動させ、本城の下肢に顔を埋めてきたのである。

「なっ」

握られただけでも相当驚いたが、いきなり雄を咥《くわ》えられ、本城はそれこそ仰天して大声を上げた。

「おいっ！　よせっ！」

半身を起こし、柚木の肩を摑んで身体から下ろそうとしても、今頃酔いが回ってきたのか、思うように力が入らない。

力が入らないのは、雄を包む焼けるような熱さと、絡みついてくる、ざらりとした舌の感覚にもまた、その原因があった。

今、本城には恋人がいない。付き合っていた彼女とは二年前に、彼女の転勤が理由で別れた。キャリアウーマンを目指す彼女は『刑事の嫁は無理』と本城のプロポーズを断ったのである。

付き合っていない女性と性的関係を結ぶことに抵抗を感じる本城は、同時に『プロ』の女性との関係にも抵抗を感じていたので、この二年というもの望まぬながらも禁欲生活を送っていた。

慰めてくれる相手は己の右手のみ、という彼にとって、いきなりのフェラチオは刺激が強すぎた。加えて、柚木のフェラチオは巧みとしかいいようのないものだった。

「……くっ……」

最も敏感な先端のくびれた部分を、柚木の舌が丹念に舐《ねぶ》り、彼の繊細な指が竿《さお》を扱《しご》き上げ、ときに睾丸を揉《も》みしだく。

「……よせ……っ」

あっという間に柚木の口の中で本城の雄は勃起した。先端からは早くも先走りの液が滲《にじ》み出している。それを柚木は音を立てて啜《すす》ると、舌先を尿道に挿し入れ、亀頭を舐り回したあとに、裏筋をつつ、と辿って竿の根本まで舌を這《は》わせ、片方の睾丸を口に含んだ。

「……っ」

舌先で玉を刺激し、またも竿へと戻る前に、口の中に残ったらしい陰毛を舌を出して取り出す。本城はいつしか抵抗を忘れ、自分の雄を咥える柚木に見入ってしまっていたのだが、柚木がぺろりと舌を出し、細い指先で陰毛を摘《つま》み上げたあと、ニッと笑いかけてきたのを見て、はっと我に返った。

「おい、もういい加減に……っ」

再び身体を起こし、怒鳴りつけた、その声を柚木はまるで無視し、口を開くとすっぽりと本城の雄を咥えた。

既に本城の雄は勃ちきり、今にも射精をしたくてたまらない状態になっていたが、このまま射精させられるのは癪《しゃく》でもあり、また一方で、口の中に出すのは悪いだろうという、ある意味思いやり溢《あふ》れた性格から、腰を引いてぐっと堪《こら》える。

そんな本城の我慢など知ったことかというように、柚木は執拗《しつよう》に本城の雄を唇で、舌で、そして指先で翻弄《ほんろう》し続けた。

「……よせ……っ」

もう我慢できない、と本城はぎゅっと目を閉じ、更に瞼《まぶた》の上を己の両手で塞ぐ。なんで男に咥えられていかなければならないのだ、と情けなさのあまり頭を抱えてしまったのだが、視界を自ら塞いでしまった行動を、このあとすぐに本城は後悔することとなった。

何か下半身のほうから、かちゃかちゃいう音が聞こえていたが、己の鼓動が耳鳴りのように頭の中で響き渡っていたため、それが何の音だかを追及するまでには至らなかった。

次の瞬間、今まで散々先端を舐っていた舌が外れたかと思うと、不意に勃ちきった雄に外気を感じ、自身の雄が解放されたことを察した本城は、はっとして手をどけ、目を開けてそれを確かめようとした。

「げっ」

その途端、視界に飛び込んできた光景に、ぎょっとした本城の口からその声が漏れる。というのも今、彼の腹の上ではいつの間に脱いだのか、下半身裸になった柚木が本城の雄を掴み、それを自身の後孔へとまさに挿入しようとしていたところだったのである。

「よ……っ」

よせ、と言い切るより前に、先端が柚木の中に呑み込まれた。

「キッ……っ」

柚木が微かに眉《まゆ》を顰《ひそ》めつつ、本城を見下ろす。

「体格を裏切らない、いいブツ持ってるじゃないか」

「……っ」

にや、と笑いながら柚木が、ゆっくりと本城の上に腰を下ろしていく。

何を馬鹿な、とか、気持ちの悪いことはやめろ、という怒号が頭の中を渦巻いていたが、それを口にできなかったのは、今得ている感覚が『気持ちが悪い』どころか、逆に酷《ひど》く気持ちのいい——快感としかいいようのないものであったためだった。

やがて柚木が、ぺた、と本城の腹の上に座り込む。はあ、と息を吐いた彼が、乱れた髪をかき上げながら、本城を見下ろし、ニッと笑いかけてきた。

「……やっと挿った。あんたの、太すぎ」

「てめ……っ」

あまりに淫蕩《いんとう》な表情に、そして仕草に見惚れていた本城は、ここで一旦《いったん》我に返り、怒声を張り上げかけたものの、

「それじゃ、動くぜ」

と柚木が告げたと同時に、激しく身体を上下させ始めたことで生まれた新たな感覚に、またも彼の声は喉の奥へと呑み込まれることとなった。

それは今まで得たことのない、快感だった。己の雄を咥え込んだ柚木のそこは酷く熱く、内壁は酷くざわつきまとわりついていたのだが、柚木が身体を激しく上下させると、そこはますます熱く滾《たぎ》り、焼け付くような摩擦熱に覆われると共に、体感したことのない締まりのよさが亀頭に、そして竿にダイレクトに快感を与えてきた。

「……あっ……あぁっ……あっ……」

腰を落としきり、すぐにまた身体を持ち上げる。二人の下肢がぶつかるときに、空気を含んだパンパンという高い音が立つほど、勢いよく身体を動かしていた柚木の口から、快感を物語る高い喘《あえ》ぎが漏れ始める。声に誘われ視線を上げた先に本城は、柚木の色香溢れる恍惚《こうこつ》とした表情を目の当《ま》たりにし、思わず、ごくり、と生唾《なまつば》を呑み込んだ。

「……や……っ……」

その音が耳に届いたのか、柚木が視線を真っ直ぐに本城へと向け、微笑んでみせる。澄ましているときには、凛とした美しさを湛えていたその顔が、今、快楽の笑みに歪《ゆが》んで

いる。それがあまりに色っぽく見え、またもごくりと唾を呑み込むと、柚木が激しく動きながら喘ぎにまみれた声でこう訴えかけてきた。

「……あっ……お前も……っ……ん……っ……突き上げて……っ……こいよ……っ」

さあ、と笑いながら、柚木が、一段とスピーディに腰を動かし始める。その動きに、彼の笑顔に、潤んだ大きな瞳に、やたらと紅《あか》い唇に、本城の思考は完全に支配されてしまったようだ。

気づいたときには両手が上がり、細い柚木の腰をしっかりと摑んでいた。柚木が察してニッと笑う。その笑顔に本城も頷き返すと、自ら彼を突き上げていた。

「あぁっ」

奥深いところに本城の雄が突き刺さったらしく、柚木が身体を仰《の》け反《ぞ》らせ、更に高い声を上げる。敢えて反発するように互いに腰を打ち付け、さらなる結合を求めるそれぞれの動きは、ますます速く、ますます激しくなっていった。

「あぁ……っ……もうっ……あっ……あっ……いく……っ」

本城の腹の上で柚木は今、乱れに乱れまくっていた。髪を振り乱し、汗を飛ばして高く喘ぐ。彼の手が前へと回り、既に勃ちきり、先走りの液を本城の服の上に滴らせていた己の雄を握り、勢いよく扱き上げた。

「あーっ」

その瞬間、悲鳴のような声を上げ、大きく背を仰け反らせながら柚木は達したのだが、射精直後に彼の後ろが一段と激しく収縮し、本城の雄を締め上げた。

「……う……っ」

その刺激に本城もまた達し、白濁した液をこれでもかというほど、柚木の中に注いでいた。

「…………なあ……」

己の腹の上で、はあはあと息を乱していた柚木が、潤んだ瞳を細め、にっこりと笑いかけてくる。星の煌めきを湛えたその瞳の美しさに、唇の間から覗く白い歯に、またもぼうっと見惚れてしまっていた本城は、その柚木が、

「……もう一回、やろう」

と囁くように告げた言葉に、思わず、大きく頷いていた。

今度は体勢を入れ替えよう、という柚木に誘われるがまま彼をシーツの上へと押し倒し、カモシカのような長い脚を抱え上げる。早くも硬度を取り戻していた己の雄を、熱く滾る彼の中に突き立て始めたときにはもう、本城の意識も身体もすっかり快楽に支配され、思考力も抑制力も失われていた。

その後、二度目の絶頂を迎えたあとに三度目の行為に誘われ、誘いに乗ったあたりまではぼんやりと記憶がある。その頃にはすっかり酔いも回り、快楽の真っ只中《まただなか》で意識を失ってしまったところまでを思い出し、本城は、

「……ああ……」

と、頭を抱えた。

「さて、そろそろ起きるか。先にシャワー、浴びるならどうぞ」

そのとき、横からあまりに淡々とした声が響いてきたのに、本城は思わず顔を上げ、声の主を——いかにも眠そうに大きく伸びをしている柚木を見やった。

「なに？」

視線を感じたらしく、柚木がにっこりと、その綺麗な瞳を細め微笑みかけてくる。

「…………」

なんだってこの男はこうも冷静でいられるのかと、一瞬啞然となったのだが、次の瞬間、はっとその理由に思い当たり、思わず彼を怒鳴りつけた。

「てめえ、ハメやがったな！」

「ハメたのはそっちだろ」

が、淡々とそう返され、更に腹立ちを煽《あお》られる。

「俺がいつ、ハメたよっ」

「ハメただろ？　散々、突っ込んでくれたじゃないか」

にやにや笑いながら柚木にそう言われ、それが事実であるだけに、ぐっと言葉に詰まったものの、言い負かされている場合じゃないと気づき本城は怒声を張り上げた。

「その『ハメた』じゃないっ」

「わかってるって。それより、早くシャワー浴びてこいよ。今日は休みじゃないんだから」

シャワールームは出て左、と顎《あご》をしゃくられ、まだまだ怒鳴りつけたいところではあったものの、はめたままになっていた腕時計の針が七時を指していたのを見ては、確かに時間がない、と本城は納得するしかなかった。

「タオルや剃刀《かみそり》は、あるものを適当に使ってくれ。ああ、バスローブもあるから」

ベッドを下り、床に落ちていた下着や自分の服を拾い上げていると、背中に柚木が声をかけてきた。振り返り顔を見ると、

「ん？」

と笑いかけてくる。

「………なんでもねえ……」

まったく、どうしてああも余裕綽々《しゃくしゃく》なんだ、とますます啞然としてしまいながらも、それを態度に出すのはなんとなく癪だという思いから、本城は自分の服を抱え上げると、そのまま部屋を出、浴室へと向かったのだった。

久々のセックスのせいで倦怠《けんたい》の残る身体をシャワーで流しながらも、本城は自分の身に起こった出来事を未だ把握しきれずにいた。

目を閉じると昨夜の、あまりに淫《みだ》らな柚木の顔が、声が、そして身体が浮かんでくるため、頭を洗うときにも彼は目を開けたままでいるしかなかったのだが、それでいて未だに彼は、自分が柚木を抱いたという事実を事実として、受け止めることができずにいた。

シャワーを浴び終え、言われたとおり、その場にあったタオルで身体を拭ったあと、自身の服を身につけバスルームを出ると、

「ああ、こっちだ」

という声が、ドアが開け放たれたリビングのほうから聞こえてきた。

「……すげえ……」

リビングに足を踏み入れた途端、眼下に広がる眺望に、本城の口から感嘆の声が上がる。

御苑を一望できる窓からの景色は、緑溢れるそれは美しいものだったためなのだが、

「コーヒー、入ってるぜ」

と呼びかけられ、振り返った先に見た光景にも、本城は同じく、

「すげえ……」

と感嘆の声を上げていた。というのも、ダイニングテーブルの上には、できたてと思われる朝食が並んでいたためである。

トーストとベーコンつきのオムレツ、それにサラダ、加えてヨーグルトにオレンジジュース、そしてコーヒーという、いかにもなホテルの朝食メニューではあるが、普段の本城の食生活からすると、それはあまりにも豪華な朝食だった。

加えて、自分がシャワーを浴びている短時間でこれを準備したのか、と、そのことにも彼は驚いていたのだが、

「それじゃ、俺はシャワー、浴びてくるから」

と笑いかけてきた柚木の姿を見た途端、思わず本城の口からは、

「げ」

という、声が漏れていた。

「感じ悪いな」

むっとした顔になりながらも、そのままバスルームに向かっていった柚木は、ワイシャツ一枚羽織っただけの格好だった。生足がシャツの下から覗く様は、女性であればこの上なくそそられる姿ではあるけれど、いくら綺麗であっても男となると別だ、と本城は後ろ姿を見送っていたが、やがて彼が視界から消えると改めてテーブルを見やり、やれやれ、と溜め息をついた。

せっかく用意してくれたものを食べないのはもったいない、という気遣い以上に空腹を覚えていた本城は、ジュースやコーヒーが用意されていた側の席に座ると一人、食べ始めた。

あっという間に用意された品々を腹に収め、もう一杯、コーヒーが飲みたいなと、あと二杯分ほど残っていたコーヒーメーカーのサーバーを取り上げたそのとき、ガチャリとドアの開く音と共に、

「ああ、暑い」

と言いながら柚木が室内に入ってきたのだが、濡《ぬ》れた髪を拭いながらテーブルに近づいてきた彼はバスローブ姿だった。

「足りなかったら俺の分も食べてくれ」

にっこり、と綺麗な目を細め、微笑んでみせる柚木は、まさに『水も滴るいい男』で、上気する白皙《はくせき》の頰に思わず本城は見惚れそうになったが、

「俺もコーヒー」

と言いながら、自分の向かいの席に彼が腰を下ろしたときには、既に我に返っていた。

「……あの、申し訳ないが……」

昨夜のおさらいをさせてくれ、と言いかけた本城にまた柚木が、

「コーヒー」

と声をかける。

「あ、ああ」

朝食の支度をしてもらった恩もあるし、何より階級が自分より上の柚木にそう言われては

従うしかなく、本城は立ち上がり、柚木の前に置かれていたコーヒーカップをソーサーから取り上げてコーヒーを注ぐと、ついでに、と自分のカップをも満たしてから、改めて、

「昨夜のことなんだが」

と柚木に話題を振った。

「ああ、昨夜ね」

あち、とコーヒーを啜ったあと、柚木が、さも面倒くさそうに口を開く。

「俺、悪い癖があるんだよね」

「癖？」

なんだ、と、目を見開いた本城を真っ直ぐに見据え、柚木がまた、ニッと笑う。

「他人《ひと》が大事にしてるモン、横からかっさらいたくなるって癖。よく『泥棒猫』と言われる」

「…………」

意味がわからない、と眉を顰めた本城の前で柚木は、あれ、といった顔になると、

「まあ、いいか」

と独りごち「それから」と言葉を続けた。

「いかにも自分には気のないノンケの男を見ると、コッチの道に引き入れたくなる。そんな癖」

「……それは……」

どういう意味か、とまたも意味がわからず問い返そうとした本城の声にかぶせ、

「あとは」

と柚木が、尚も言葉を続ける。

「腹筋割れてる、ガタイのいい男を見ると、抱かれたくなる。それが俺の一番悪い癖」

「……っ」

こうも直接的な表現をされれば、さすがに本城も意味を察することができたのだが、内容が内容だけに絶句する。

と、柚木は、本城の引きっぷりが楽しかったのか、あはは、と声を上げて笑うと、ずず、とコーヒーを啜り、

「まあ、配属初日にすることじゃなかったけどね」

そう言い、パチ、と片目を瞑《つむ》ってみせた。

「少々自棄《やけ》にもなってたんだ。ま、犬にでも噛《か》まれたと思って諦《あきら》めてくれ」

そっちもその気になったんだし、と笑いながらまたコーヒーを啜る柚木を前に、本城は怒ることも忘れ、ただただ唖然としてしまっていたのだが、

「どうしたんだ？」

と柚木に問われ、はっと我に返った。

「……あんた……ゲイ？」

まず、そこを確かめねば、と問いかけた本城に、

「もちろん」

今更、何を言ってるのか、と柚木が笑いながら頷く。

「……ガタイのいい男が好きなのか？」

先ほどそう言っていたしと本城が問いかけたのには、これという理由があったわけではなかった。

強いていえば、なぜ彼が自分とベッドインしたのか、その理由が知りたい、という思いからだったのだが、問うた瞬間、目の前で苦笑した柚木の顔を見て、彼の別の発言を思い出した。

「まあ、ガタイがいいのが好みのタイプではあるけど」

「もしかして、左遷の原因っていうのが……」

ゲイと知られたことにあるのでは――そう閃《ひらめ》いた本城が、柚木に問いかける。

「へえ」

それを聞いた柚木は、驚いたように目を見開いたあと、満面に笑みを浮かべた。

「鋭いじゃん。そう。ご想像どおり、前の職場で上司とデキちゃったんだけど、それが奥さんに知られちゃって、ちょっと騒動になったんだ。で、ほとぼりが冷めた頃合を見計らってその上司に飛ばされたってわけ」

さも楽しいことを話すような口調で柚木はそう言うと、不意に顔を顰め、身を乗り出すようにして本城に話しかけてきた。

「ただのセフレだったのに、男と関係したことが奥さん的には許せなかったらしい。事実無根だって旦那はなんとか説得したらしいけど、妻の座を脅かすわけでもないのに、目くじら立てなくてもいいじゃないか、なあ？」

「…………………」

『なあ』と同意を求められても、と本城が絶句したそのとき、彼のポケットに入れていた携帯電話の着信音が鳴り響いた。

「あ」

ダイニングテーブルに置かれていた柚木のスマートフォンも同時に鳴り出す。

ディスプレイに浮かぶ『非通知』の文字に、緊張を高まらせつつ、本城が応対に出た。目の前では柚木もまた、電話に出ている。

「はい、本城」

『本城か。殺人だ。これから住所を言う。すぐ現場に直行してくれ』

新宿中央署刑事課からの電話は、かけた相手に番号が知られないよう、すべて『非通知』となる。やはり事件だったか、と緊張を新たにする本城の前では、柚木もまた緊張した面持ちで応対していた。

きりっとした表情になると、一段と美貌が冴《さ》え渡る、と、思わずその顔に本城は一瞬見惚れてしまったのだが、すぐにそんな場合じゃない、と気持ちを引き締めると、ポケットから手帳を出し、現場住所をメモし始めたのだった。

3

殺害現場は新宿二丁目の、先月閉店したばかりのゲイバーだった。本城は行きがかり上、柚木と共に現場に向かったのだが、『KEEP OUT』の黄色いバリケードテープが張られたその中には、彼がコンビを組む桜井他、新宿中央署刑事課の面々が既に揃っていた。

「遅えよ」

桜井が口を尖らせそう告げたあと、なぜ、柚木と一緒なのか、というように視線を彼へと向ける。

「悪い。で、被害者は？」

その視線に気づかぬふりを貫き、本城が桜井に尋ねると、桜井は一瞬、何か言いたそうな顔をしたものの、すぐ、

「こっち」

と彼を遺体のある場所へと導いてくれた。

「トイレか」

監察医による検案が終わったらしく、今まさに遺体が運び出されようとしていたのを前に、

本城が呟く。と、声を聞き存在に気づいたらしく、助手たちに指示を出していた監察医の犬《いぬ》塚《づか》が本城を振り返り、

「ポンちゃん、遅かったじゃない？」

と笑いかけてきた。

「ゴーがやきもきして待ってたわよ。アパートに寄ったのに留守だったって。あんた、昨日どこに泊まったの？」

女性言葉で話しかけてくるが、声は野太いこの犬塚嗣男《つぐお》という監察医は、これでもれっきとしたT大学の准教授である。

縁なし眼鏡が理知的な雰囲気を醸し出すハンサムガイではあるのだが、言葉遣いがいかにもなオネエであることからもわかるとおりゲイであり、それを公言している。

恋人は助手の少女のように可愛らしい黒川《くろかわ》という名の二十五歳の若者であり、見目麗しいこの同性同士のカップルを現場で見る機会が多い本城や桜井は、すっかり彼らと顔馴染《かおなじ》みになっていた。

「くだらねえこと言ってねえで、遺体、見せてくれよ」

「なによ、せっかくシートに包んだのに、めんどくさいわねえ」

やれやれ、といわんばかりに溜め息をつきつつも、黒川ら助手たちに、「ちょっとポンちゃんに遺体、見せてあげて」と指示を出した犬塚の視線が、いつの間にか本城と桜井に近づ

いてきていた柚木に向けられる。

「あら」

驚いたように目を見開く彼に、柚木が「どうも」と微笑み返す。

「え？　知り合いなの？」

だが桜井がそう問いかけると犬塚は「いや、別に」と言葉を濁し、黒川に向かい、

「早くシート、捲《めく》って」

と指示を出した。

「？」

やはり知り合いということか、と不自然に柚木から目を背け続けている犬塚に、本城は思わず視線を向けたのだが、

「あの、どうぞ」

と黒川に声をかけられ、その視線を遺体へと向けた。

「……っ」

本城が思わず息を呑んだのは遺体が惨状としかいいようのない酷い状態だったためだった。滅多刺し、その一言に尽きる。顔も身体も、一体何ヶ所刺されたのかというほど、若い男の遺体に残された刺し傷は数限りないほどあった。

「ざっと数えたところ、刺し傷は全身に三十ヶ所。ジャストってところがまた、気味が悪い

わね」

顔までズタズタよ、と肩を竦めた犬塚に、本城が詳細を問う。

「刺殺だな？　死亡推定時刻は？」

「深夜二時頃。抵抗の跡があまり見られないのが気になるわ。睡眠薬を投与されたんじゃないかしら」

解剖結果が出次第、連絡するわ、とウインクする彼の横で、桜井が手帳を捲りつつ口を開く。

「被害者は田原敏夫《たはらとしお》、二十一歳の大学生だ。遺体が身につけていた学生証からわかった。吉祥寺《きちじょうじ》で一人暮らしをしているようだ。ご両親は札幌で、先ほど課長が連絡を取った。すぐにも上京してくるそうだが、殺される心当たりは皆無と言っていたらしい」

「……若いのに気の毒だな……」

まだ二十一歳か、と溜め息をつき、運ばれていく遺体を目で追っていた本城の視界を、傍らで呆然《ぼうぜん》と立ち尽くしていた柚木の姿が過《よぎ》った。

「柚木警部、あまり現場は慣れていらっしゃらないのかな？」

同じく柚木を見たらしい桜井が、いかにも意地悪そうな口調でそう、本城に囁きかけてくる。

「さあな」

本城もまた、顔面蒼白《そうはく》となっている柚木のことが気にかかってはいた。が、今は柚木よりも事件だ、と桜井を促し現場を見回り始めた。

「今は営業してないんだな。鍵は？」

「壊されていた。鑑識の話によると、指紋等は一切出ちゃいないそうだ」

「足跡もなさそうだな」

「ああ、犯人は随分と綺麗好きのようで、きっちり掃除していったようだよ」

桜井の言うとおり、リノリウムの床は綺麗に拭われていたが、掃除用具などは室内に見当たらなかった。

「まさか雑巾《ぞうきん》持参か？」

マメだね、と口笛を吹きながらも本城の目は、気づけば店内に一人佇む柚木の姿を追っていた。

現場に到着してから――否、被害者を見てから、彼の様子は明らかにおかしい。今も青ざめた顔で、何か考え込んでいる様子である。

確かに遺体は、酷い状態ではあったが、そのせいで気分が悪くなったとでもいうのだろうか、と柚木をちらちらと窺《うかが》っていた本城は、不意に桜井に腕を引かれ、

「なに？」

と視線を彼へと移した。

「聞いてなかったのか？　今、渡辺《わたなべ》が言ってたろ」

何をぼんやりしてるんだ、と桜井が本城を睨む。

「え？　なんだって？」

「だから、ひととおり現場を見たら署に戻れって。捜査会議だとよ」

桜井はそう言うと、ちらと、同僚の渡辺から今の話を聞いている柚木を振り返った。

「一緒に来たのか？」

「え？」

唐突な桜井の問いの意味がわからず、本城が問い返す。

「だから、柚木警部と一緒に現場に来たのか？」

「いや」

咄嗟《とっさ》に本城は桜井に嘘を答えていた。

「外で会っただけだ」

「ふうん」

桜井はそう相槌《あいづち》を打ったものの、すぐに本城の耳元に唇を寄せると、

「近《ちけ》えって」

と顔を押しやる本城にかまわず新たな問いを発する。

「で？　昨日はどこに泊まったって？」

「泊まってねえって」

今度もまた本城は、明らかな嘘を答えていた。というのも『昨夜』という単語を聞いた途端、彼の頭に、柚木を抱いた己の姿がぱっと浮かんでしまったからである。

「嘘つけ」

「嘘じゃねえって」

早く戻ろうぜ、と本城は、ほぼ強引に話を打ち切ると桜井の背を促し、店の外へと向かった。

「昨夜、あれからどうしたんだよ」

だが桜井に話題を変える気はなかったようで、覆面パトカーに乗り込んでからも会話を引っ張ろうとする。

「別に。帰った」

「どこに」

「だから家に」

しつこく問い詰めてくる桜井を本城がなんとか誤魔化《ごまか》そうとしていたそのとき、車の助手席の窓を、コンコン、と叩く音が車内に響いた。

「あ」

「乗せてもらえますか?」

外に立っていたのは柚木だった。顔色は未だにそうよくはなかったものの、口元には笑みがある。

「あ、どうぞ」

窓を開け、本城はそう言うと、ロックを解除しろ、と桜井を見た。

「………………」

桜井は一瞬、何か言いたげな顔をしたが、小さく溜め息をつき車のロックを解除する。

「ありがとう」

柚木はにっこりと、それは見惚れるような笑みを浮かべると、後部シートのドアを開き車に乗り込んできた。

その後すぐに桜井は車を発進させ、新宿中央署まで十分ほどのドライブとなったのだが、最初車内はやたらとしんとしており、あまりの居心地の悪さに本城は、遣いたくもない気を遣う羽目に陥っていた。

「あの遺体の様子じゃ、怨恨《えんこん》の線が強いよな。滅多刺しだったし」

「断定できないんじゃないの」

桜井に話しかければ冷たく返され、

「警部、顔色悪いようですが大丈夫ですか」

と柚木に話しかけても、

「別に」

と微笑まれる。この沈黙をどうにかしろ、と本城が桜井を睨んだそのとき、後部シートからやたらと明るい口調で柚木が話しかけてきた。

「桜井君、引き締まったいい身体をしているね。スポーツか何か、やってたのかい？」

「子供の頃から柔道を」

桜井はハンドルを握ったまままぶすっとそう答えたのだが、柚木の『いい身体をしている』発言に本城はぎょっとし、思わず後部シートを振り返ってしまった。

「ん？」

にっこり、とまたも綺麗な笑顔で問い返してきた柚木から慌てて目を逸らし、今度はむすっとした桜井を見る。

「なんだよ」

視線を感じた彼が、不機嫌な顔になったのに、本城は慌てて、

「なんでもないっ」

と首を横に振ったあと、我ながらわざとらしいと思いつつも、桜井を親指で示しつつ再び後部シートを振り返った。

「いやあ、こいつは、そんなにいい身体、してません。全然細いっすよ」

「おい、なんだよ、誠。人をモヤシっ子みたいに言いやがって」

本城の意図を知らない桜井がそう吠《ほ》える。

「仕方ねえだろ。モヤシなんだから」

「なんだと?」

どうやら本気でむっとしているらしい桜井に対し、すべてはお前のためだ、と本城は心の中で呟く。というのも、柚木が桜井に『いい身体をしているね』と告げた瞬間彼の頭には、今朝、柚木から聞いたばかりの言葉が蘇《よみがえ》っていたためだった。

『腹筋割れてる、ガタイのいい男を見ると、抱かれたくなる。それが俺の一番悪い癖』

今度は桜井に乗っかるつもりか、と、案じた本城はそれを阻止してやろうとしたのだが、桜井にそんな彼の気持ちは伝わるわけもなく、

「まったく、信じられねえ」

とぶんむくれている。きっとお前もこの先、俺に感謝する日がくる――そう思いながら本城は、バックミラー越しにちらと後部シートを見やった。

「……っ」

途端に同じくミラー越しにじっと自分に視線を送っていたらしい柚木と目が合ってしまい、ぎょっとして思わず後ろを振り返る。

「何、キョロキョロしてんだよ」

それを運転席から桜井に指摘され、今度ははっとし彼を見る。後ろの座席では柚木がくす

くすと笑っていた。

まったく、本当に俺は何をしているんだか、と自己嫌悪から溜め息をついた本城の視界の隅に入るバックミラーの中に、すっかり顔色もよくなった柚木の、それこそ『花のように』美しい笑顔が過る。

その瞬間、鼓動がどきりと高鳴ったことに更に動揺を煽られながらも本城は、今はくだらないことにかまけている暇はない、事件について考えるのだと、必死に自分に言い聞かせていた。


捜査会議の席上では、それまで刑事たちがそれぞれに聞き込んだ現場近辺の目撃情報や、被害者についての情報、それに解剖所見などが発表された。

被害者は田原敏夫、二十一歳、そこそこ有名な都内の私大、S大学の経済学部三年生だった。吉祥寺のワンルームマンションで一人暮らしをしており、両親は北海道《ほっかいどう》在住ということがわかっている。

まずはこの被害者の周辺を聞き込む担当と、現場付近の聞き込みをする担当、二手に分かれて捜査、と決まったのだが、いつものように桜井が、

「いくぜ、誠」

と本城に声をかけたとき、

「課長、いいですか？」

凛とした声が会議室内に響いた。

「柚木君、なんだね？」

佐藤が愛想笑いを浮かべつつ、声を上げた柚木に問い返す。

「今回、本城君とペアを組みたいんですが、いいでしょうか」

「なんだって⁉」

それを聞き、最初に驚きの声を上げたのは、本城本人ではなく、彼の相方、桜井だった。

本城は、といえば、いきなり何を言いだしたんだ、と驚いたあまり声も出ない状態に陥ってしまっていた。

「昨日歓迎会の席で本城君から、所轄なりの捜査の方法を教えてやると言われましたので」

「ええっ」

「ほ、本城、お前……っ」

そのような事実はなかったため、今度こそ驚きの声を上げた本城を前に、佐藤課長がぎょっとした顔になる。

「う、嘘ですよ」

「酔ってお忘れかな？　ともかく、いいでしょう、課長」

慌てて首を横に振る本城と課長を代わる代わるに見ながら、柚木がにっこりと微笑む。

「わ、わかった。それなら本城、今回は柚木君とペアを組め。桜井は岩崎《いわさき》とだ」

「ちょっと待ってください、勝手にそんな……っ」

桜井が課長に食ってかかる。それを横目に柚木は、

「行きましょう」

と本城の腕を取り、歩き始めてしまった。

「おい！　誠！」

名を呼ばれ、振り向こうとした本城の耳元に口を寄せ、柚木が囁いてくる。

「昨夜のこと、バラすよ」

「えっ」

それは脅しか、と本城はその場で固まってしまったのだが、そんな彼を引きずるようにして柚木は部屋を出ると、覆面パトカーへと向かったのだった。

「一体、何を考えている？」

運転は柚木が務めた。助手席から本城が運転席の彼にそう問いかける。

「別に」

柚木は笑っていたが、行き先がどう見ても吉祥寺方面ではないことに気づいた本城が、

「どこ、行くんだよ?」

と問いかけた瞬間、ブレーキを踏み車を停めた。

「それじゃ、あとはよろしく」

にっこり、とまたも麗しいとしか言いようのない微笑みを花のかんばせに浮かべると、柚木はサイドブレーキを引き、一人車を降りようとした。

「どこ行くんだ?」

慌てて本城も車を降りたが、柚木は既に駆けだしていた。

「おい!」

「ちょっと野暮用。吉祥寺は任せた」

肩越しに振り返り、柚木が笑ってそう告げたかと思うと、一段と走るスピードを上げる。

「おいっ」

本城はあとを追おうとしたが、覆面パトカーを放置もできず、また、既に柚木が路地を曲がってしまっていたために追跡も諦めざるを得なくなった。

「畜生」

わざわざ脅迫してまで——多少オーバーな表現ではあるが——自分と組もうとしたのは、一人姿を消すためか、と納得したものの、姿を消す理由までは本城には想像がつかなかった。

どうした理由で柚木は単独行動をとろうとしているのか、と周囲を見渡し、自分の今いる場所が新宿中央公園の近くだということを確認する。

公園近辺に何か用があるのだろうか。覆面パトカーを停め直し、柚木のあとを追うべきか、と本城は一瞬考えたが、まあ、やめておこう、と溜め息をつき、車を回り込んで運転席のドアを開いた。

柚木が事件とかかわり合いのあることでこの新宿中央公園に来たのなら共に捜査に当たるべきだが、そうでない場合は、本来やらねばならないことをするのがプライオリティ的には高い、と判断したためである。

被害者周辺の聞き込みは、一人でもできないことじゃない。まずは自分のなすべきことをするまでだ、とアクセルを踏み込む本城の脳裏に、ちらと、柚木の綺麗な顔が過った。

『ちょっと野暮用』

野暮用、という言い方は気になる。が、なぜか本城は彼がサボろうとしているとは思えなかった。

昨日、会ったばかりの男——しかも、本庁から左遷されてきたような男だ。なぜそのような信頼を、と本城は自身の考えに首を傾げたのだが、これ、という答えは見つからなかった。強いて言えば『刑事の勘』とでもいうのだろうか、とわざとおちゃらけたことを考え、馬鹿か、と苦笑する。

その『勘』が働いていれば、昨夜のように易々と乗っかられることもなかっただろうに、と自嘲《じちょう》した本城だが、自分自身、昨夜の体験を『笑える』ということに、同時に愕然《がくぜん》ともしていた。

生まれて初めて男と同衾《どうきん》したのだ。もっとあれこれ悩んで然《しか》るべきだと思うのだが、そうならないのはひとえに、あまりにさばさばした柚木のリアクションに原因があると思われた。さも、たいしたことない、と言わんばかりに振る舞う彼は、左遷の理由をも同じく、さもたいしたことないといった口調で説明していた、とその話の内容を本城は思い起こす。

『前の職場で上司とデキちゃったんだけど、それが奥さんに知られちゃって、ちょっと騒動になったんだ。で、ほとぼりが冷めた頃合を見計らってその上司に飛ばされたってわけ』

上司と『デキた』のであれば、連帯責任だろうに、一方的に柚木だけが左遷の憂き目に遭ったんだろうか。それとも、上司もまた、何かしらのペナルティが与えられたのだろうか。

そうじゃなきゃ、不公平だよな、と心の中で呟いてから本城は、何を気にしているんだか、とそんな自分に呆れてしまった。

行きがかり上、同じ職場で働くことになり、行きがかり上、なぜかベッドまで共にしてしまったが、今のところ柚木との間には、『同僚』という以外、何の繋《つな》がりもない。

いや、階級からいうと、上司と部下か、と表現を改めたものの、それ以上のかかわりのない相手のことをあれこれ思い悩むのも馬鹿らしいか、と本城はここで思考を自ら打ち切った。

本人も言っていたが、あれはもう事故だ。犬に噛まれたと思おう、と、昨夜の出来事を自分の中で結論づけると本城は、それより、と事件のことを考え始めた。

滅多刺しにされた大学生。しかも場所は新宿二丁目のゲイバー。本城の『刑事の勘』が、これはやっかいな事件になりそうだと警鐘を鳴らしている。

やっかいでもなんでも、解決するのが自分の務めだ。本城はそう独りごちると、被害者の住んでいた吉祥寺へと向かうべく、再びアクセルを踏み込んだのだった。


吉祥寺に到着後、本城がまず向かったのは被害者田原のマンションで、管理人に鍵を借りて中へと足を踏み入れた。

「…………」

小綺麗に片付いた部屋だった。生活感はあまりない。室内にあるのはパソコン机とベッド、そのくらいだった。

高そうなデスクトップパソコンが最初に目に入った本城は、電源ボタンを押してみた。と、パソコンはすぐに立ち上がったのだが、初期設定の画面が現れたことで、もしや既に初期化されてしまっているのでは、と本城は気づかされることとなった。

と、いうことは、と、本城は机の引き出しを開けてみたのだが、中が空っぽであることに唖然とし、すぐに管理人室に走った。

「いや、別に、変わったことはなかったと思いますが……」

管理人はそう告げたあと、言おうかどうしようか迷った素振りをしてから、

「実は……」

と声を潜め、話し始めた。

「……今から半年くらい前のことなんですが、田原さんの隣の部屋から苦情が出たことがありました」

「苦情？　どういった？」

問い返した本城に、管理人の老人は、

「いやあ、それが……」

と一瞬躊躇《ためら》ってみせたあと、本城の視線に促されるようにして再び口を開いたのだが、その内容は本城を驚かせるものだった。

「……夜の……その、セックスの声がやかましいっていうんです。しかも相手が女性じゃなく、男性だというんですよ。気持ち悪くてどうしようもない……そういう苦情だったんですが……」

「……田原さんはゲイだった、ということですか」

確認を取った本城に管理人は、

「それはわかりません」

と首を横に振った。

「え、でも、男とセックスしている声がやかましいという苦情がきたんですよね？」

そういう話ではなかったか、と問い質す本城に、

「ゲイかはわかりませんが、半年くらい前にそういう苦情があったことは事実です」

管理人はそう言い、話を打ち切ろうとした。

「ちょっと待ってください、その苦情は結局、どうなったんです？」

管理人が田原に伝えたのだろうか、と気になり、本城が問いかけると、管理人は、

「それが……」

と、またも言いづらそうに、ぼそぼそと言葉を続けた。

「ひと月くらいで、セックス時のやかましい声は聞こえなくなったそうです。その時点ではまだ、田原さんにはコンタクトを取っていなかったので、正直、助かったと思いましたが……」

そう告げる管理人に本城は、一ヶ月間田原と、苦情が出るほどのセックスをしていたという相手について聞き込んだのだが、管理人はただ「わからない」と首を横に振るのみだった。

それなら、と、クレームを言ってきたという隣室の若者に話を聞くと、

「参ったなあ」

と頭をかきながらも、八田《はった》という若者は詳細を語ってくれた。

「とにかくね、声が凄《すさ》まじいんですよ。でも、期間は一ヶ月——いや、三週間くらいだったんじゃないかな」

声が止《や》んで助かりました、と八田は肩を竦めたが、その『凄まじい』声を上げていた——もしくは上げさせていた男については何も知らなかった。

「遠目にちらっと横顔を見たことがあるくらいで……男相手に言うことじゃないですが、やたらと綺麗だったな、と」

「綺麗……」

『やたらと綺麗な男』という表現を聞いた本城の頭に、一瞬、柚木の顔が浮かんだ。なぜ、と動揺するも、すぐに、自分が知る中で最も『綺麗』という表現が相応しい男だからか、と気づく。

一方、八田も、本城の呟きに、酷く動揺した様子となった。

「べ、別に、俺にはその気、ないですよ。いくら綺麗でも男は勘弁です」

「そんなに綺麗だったんですか？」

本城の問いに八田は「ちらっと見ただけで、しかも横顔だからよくわからない」としながらも、それでもはっとするほど綺麗だった気がする、と告げた。

「田原さんと交流は？」

「ないです。あ、別に彼がゲイだからってわけじゃないですよ。俺、このマンションで交流ある人間いないし」

確かめたことはないが、みんなそうだと思う、と八田が言うとおり、マンションの住人全員に聞き込んだが、田原と親しくしていた人間は誰もいなかった。

ただ、田原の『騒音』に関しては、八田とは逆隣の住人も、そして上の部屋の住人も気づいていた。発生源はわからなかったが、そういう『声』は聞こえていた、という住民もいる。

彼らに、田原の同性の恋人について尋ねたが、ちらっとでも姿を見たことがある住人は八田以外いなかった。

本城がそうも田原のかつての『恋人』を気にしたのは、パソコンが初期化されていることに理由があった。殺された田原の所持品はほとんど手つかずで、その中には部屋の鍵もあったと本城は記憶していた。

田原の部屋はしっかり施錠されていた。となると、彼の部屋に侵入し、パソコンを初期化した人間は部屋の鍵を持っていたということになる。

パソコンのデータを消したのが田原本人でない限り、と本城はそこまで考えると、田原の部屋に戻り、がらんとした室内を見回した。

鑑識には既に連絡を入れ、間もなく到着することになっていたが、その前に何か見落としはないかとトイレや風呂場を覗く。

洗面台の上に置かれた歯ブラシは一本で、引き出しを開けると洗顔料の他にコンドームの箱も入っていた。それを見た本城の頭に、隣人の八田から聞いた話が蘇る。

『遠目にちらっと横顔を見たことがあるくらいで……男相手に言うことじゃないですが、やたらと綺麗だったな、と』

綺麗な男、か——その男が田原を殺したのだろうか。ああも滅多刺しにするほど恨んだ理由は、別れたことが原因か?

コンドームの箱を見ながらそう考えていた本城は、断定はできないな、と首を横に振り、引き出しを閉めた。

田原がその『綺麗な男』と付き合っていたのは半年前だ。別れたあとに、新しい恋人ができたかもしれない。

その恋人にも彼は合い鍵を渡していたのかもしれないし、第一『綺麗な男』に合い鍵を渡していたということ自体、確証はないのである。

なのになぜか、妙に気になる、と溜め息をつき、目の前の洗面台の鏡を見やった本城の目に、自身の顔に重なり、柚木の綺麗な顔が映る。

昨夜、男とセックスなどしてしまったから気になっているのだろうか。ぼんやりとそんなことを考えていた彼の耳にはそのとき、高く喘ぐ柚木の声が蘇っていた。

4

その夜、再び開かれた捜査会議で本城はマンションの住人から聞き込んだ話を報告した。鑑識からは、やはり田原のパソコンは初期化されていたとのことと、室内からほとんどの指紋が拭き取られていたという報告が上げられたものの、それがいつなされたかについては特定できないということだった。

「とはいえ、やったのは犯人だろうと思われるが……」

進行役の課長が唸《うな》り、田原の友人から事情聴取をした課内一の若手、渡辺と木谷《きたに》に報告を求める。

「はい、田原はここ半年あまり、まったく大学に来ていなかったそうです。大学の友人たちとはほとんど没交渉で、バイトに明け暮れていたということだったので、バイト先のピザ屋で話を聞きました」

「ピザ屋では配達員仲間とそこそこ親しくしていたそうですが、これといった情報は得られませんでした。ごく表面上の付き合いだったこともありますが、田原自身が自分のことを話したがらなかったそうです」

渡辺に続き木谷が報告したのを聞き、佐藤がまた、ううん、と唸る。

「ゲイだということを周囲に隠していた――ということかもしれんな」

「はい、実際、大学の友人もバイト仲間も、田原に男の恋人がいたことは知りませんでした」

驚いていました、と報告を結んだ渡辺に続き、現場近くの聞き込みをしていた桜井が挙手する。

「田原の写真を現場近くのゲイバーで見せて回ったところ、見かけたことがあるという証言が何件か得られました。よく出没していたそうですが、今のところ、事件当夜に姿を見たという証人には出会えていません」

引き続き、聞き込みを続けます、という桜井に佐藤が問いかける。

「田原は一人で来ていたのか？　その『綺麗な男』という恋人についてはどうだ？」

「一人が多かったそうです。が、ここ半年ばかりは姿を見ていなかったという話でした」

「半年か……」

佐藤がまた唸ったそのとき、会議室のドアが慌ただしくノックされたかと思うと、事務員の杉山が部屋に飛び込んできた。

「一一〇番通報です！　新宿でまた殺しだそうです！」

「なんだって⁉」

「詳細は？」

皆が慌ただしく立ち上がり、杉山に突進する。

「現場は歌舞伎町《かぶきちょう》のラブホテル『ラブリーキャッスル』、殺されたのは客の男性です」

杉山がメモを一番近くにいた本城に渡す。本城が住所を読み上げ、皆がそれを手帳にメモすると、

「行こう！」

と桜井がそのメモをかっさらい、本城の腕を取って走りだした。

「運転、任せた」

「えー、じゃんけんだろう」

覆面パトカーの運転は毎度、じゃんけんで決める。それゆえ走りながらいつものやりとりをしていた本城と桜井の後ろから、

「運転は俺がしよう」

という凛とした声が響いた。

「え？」

「あ」

本城と桜井、二人して驚いて振り返った先には、すぐ近くまで駆け寄ってきていた柚木の姿があった。

「いや、警部に運転させるわけにはいきませんから」

途端に桜井がむすっとした顔になり、ほら、とメモを本城に押しつける。

「なんだよ」

「お前がやれ」

「わかったよ」

本城はもともと、運転がそう嫌いではない。毎度じゃんけんをするのも、桜井がしかけてくるお遊びに付き合ってやっているに過ぎない。

それゆえ軽く受けたのだが、そんな本城を桜井は、なぜか、じろりと睨んできた。

「なんだよ」

「別に」

早く行こうぜ、と桜井が先に立って走り始める。

「？」

変な奴だ、と呆れつつも彼のあとを追っていた本城の横にいつの間にか並んだ柚木が、ふふ、と笑いかけてきた。

「可愛いね。ジェラシーだよ、きっと」

色香を感じる笑い方が気になり、思わず本城が傍らの柚木を見る。

「ん？」

視線を捉え、にっこりと微笑みかけてきたその顔に、やたらとどきりとしてしまい、その

ことに動揺した本城は咄嗟に目を逸らすと、

「それより、今日はどこに行ってたんです」

と話題を変えた。

「遊んでたわけじゃないよ」

くすくす笑いながら柚木がそう言い、本城の腕を摑む。

「な、なんです」

「ちょっと走るの速い」

そう言い、柚木は本城の足を止めさせると、すっと耳元に顔を近づけ囁いてきた。

「課長に密告《チク》らないでくれてありがとう」

「……っ」

熱い吐息が耳朶《じだ》にかかり、ぞわ、という刺激が本城の背筋を上る。思わず身体を離し柚木を見ると、柚木はまた、にっこりと、それは華麗な笑みを浮かべ本城を見上げてきた。

「あ……」

またも変にどきりとしてしまい、本城が狼狽《ろうばい》したそのとき、

「何、やってんだよ」

前方から桜井の不機嫌な声が響き、本城を我に返らせた。

「おう、悪い」

「愚図愚図するな」

桜井が本城のみを睨み怒鳴りつけてきたのは、さすがに階級が上の柚木を注意はできまいと思ったのだろうとわかったが、まるで無視しているようにも見える。そう思いながら本城は、再び前を向きエントランスへと向かって駆けだした桜井の背を目で追いつつ走りだす。

「やっぱりジェラシーだね」

ふふ、と柚木がまた笑ったが、その言葉の意味を本城が解することはなかった。


歌舞伎町の現場に到着すると、既に監察医の犬塚が検案を始めていた。

「あ、ポンちゃん、ゴー、お疲れ」

本城と桜井、それに柚木が近づいていくと、遺体から目を上げずに犬塚はそう声をかけてきたのだが、彼が検案している遺体の惨状に、本城も、そして桜井も思わず息を呑んだ。

「また刺殺よ。しかも滅多刺し」

ようやく顔を上げた犬塚が、まったく、と言いたげに肩を竦める。

「今回も三十ヶ所。凶器も一致しそうだし、ほぼ同一犯とみて間違いないんじゃないかしら」

「同一犯……連続殺人、か……？」

本城が呟き、室内を見回す。設備的には目新しいものが何もない、古びたラブホテルの一室だった。部屋にあるのは遺体が仰向けに寝ているベッド以外は、申し訳程度のちゃちなテーブルとソファのみで、おそらく被害者のものと思われる上着と鞄《かばん》がソファには置かれていた。

同一犯であるのなら、と本城はソファへと近づき、上着を手に取ると内ポケットを探って財布と名刺入れを取り出した。

「根津一平《ねづいっぺい》……」

やはり所持品は手つかずだったらしく、財布には五万円以上の金と共に免許証も入っていた。続いて名刺入れから『根津一平』の名刺を取り出す。

「小平市役所勤務か」

横から、ひょい、と本城の手元を覗き込んできた桜井は名刺を読んだあと、本城に目配せをしつつ耳元に囁いてきた。

「柚木警部、また真っ青になってるぜ。スプラッターが苦手なのかな」

「俺も得意じゃねえがな」

肩を竦めて答えつつも本城は、桜井の言うとおり真っ青な顔で遺体を見下ろしている柚木を見やった。

「確かあなた、本庁の刑事さんよね。異動になったの？」

ひととおり検案を終えたらしい犬塚が、そんな柚木に話しかける。

「え、ええ」

柚木は、はっと我に返った様子になると、

「柚木です。よろしく」

と笑顔で頭を下げた。

「顔色悪いわね。遺体、見慣れてないの?」

犬塚が妙に意地の悪い言い方をする。

「まあね」

柚木は苦笑し、手の甲で額に滲んだ汗を拭っていた。

「………」

なんとなく違和感がある――二人のやりとりをいつしか凝視していた本城は、不意に目の前でひらひらと手を振られ、我に返った。

「なんだよ」

その手を摑まえ、じろり、と手の主である桜井を睨む。

「それはこっちの台詞《せりふ》。ぼんやりしてねえで、現場、見ようぜ」

桜井は本城の手から己の手を引き抜くとそう言い、先に立って室内を回り始めた。彼のあとに続き、あれこれと目を配りながらも、気づけば本城は振り返り未だに遺体近くに一人で佇んでいる柚木の姿を追ってしまっていた。

思えば田原の遺体を見たときにも、柚木は似たようなリアクションをしていたが、残虐な殺され方をした遺体を見るのが苦手であるのなら、今のようにああも凝視はできないだろう。

一体どうして彼は、田原と根津の遺体を前に青ざめているのか――気になる、と、またも柚木を振り返った本城を、視線を感じたらしい柚木がはっとしたように顔を上げ見返してくる。

「……っ」

今度は本城がはっとし、思わず目を逸らしてしまったものの、逸らす理由はないか、と気づき、再び視線を柚木に戻した。が、そのときには柚木はもう遺体の傍にはおらず、ソファへと進み、被害者の上着を手に取っていた。

ポケットを探る真摯《しんし》なその表情は、彼の美貌を際立たせていたが、相変わらず顔色は悪い。取り出した手帳をじっと眺める柚木の姿に、本城はまたもちらちらと視線を投げてしまっていたのだが、よほど集中しているのか、はたまた気づいていて、それでも尚、無視しているのか、柚木の視線が再び本城に向けられることはなかった。

現場周辺の聞き込みを終え、現地解散となったのだが、本城は共に聞き込みをしていた柚木に思い切って声をかけることにした。

「警部、ちょっといいですか？」

「…………」

柚木は一瞬、はっとした表情になったが、すぐに、ニッと笑うと本城の耳元に顔を寄せ、囁きかけてきた。

「どうした？　誘ってくれてるのか？」

「はあ？」

思わず素っ頓狂な声を上げた本城に、くすくす笑いながら柚木が尚も話しかけてくる。

「ベッドインのお誘いなら喜んで受けるけど、それ以外は勘弁。それじゃね」

「ちょっと待ってくれ」

軽く手を振り、その場を立ち去ろうとする柚木の腕を、本城は思わず摑んでいた。

「なに？　ほんとにベッドのお誘いだったの？」

あくまでもふざけた口調を崩さない柚木の態度に、本城は自分が抱いた『違和感』はどうやら正解だったらしい、という結論を導き出していた。

「ベッドでなら話すというのなら、ベッドまで付き合いましょう。でもできれば別のところで話をしたい」

「…………」

ぐっと摑んだ腕を引き、柚木の目を覗き込むようにして告げた本城を、柚木は暫《しば》し無言で見返していたが、やがて、ふっと笑い、

「腕、離して」

と、本城の手に己の手を重ねた。

「わかった。付き合うよ。どこに行けばいい？」

諦めたようにそう言い、ぽん、と本城の手を叩く。

静かに話ができる場所、と本城は考え、桜井が情報屋として雇っているゲイボーイ、通称ユリちゃんの店に行こうと決めた。

歌舞伎町から新宿二丁目は、徒歩だと結構距離がある。歩いている間中、本城の横で柚木は一言も口をきかなかった。

何かをじっと考え込んでいる様子の彼を、ちらちらと横目に見ながら、本城もまた、一言も喋《しゃべ》れずにいた。

ようやく二丁目に到着し、仲通りから二筋入ったところにあるゲイバー『月《つき》』のドアを開く。

「あら、いらっしゃい」

入り組んだところにあるためと、また、雇われママである『ユリちゃん』が勤労意欲に著

しく欠けているため、本城が店に来るときには常に客はゼロだった。

ユリというのは本名とはまるで関係のない源氏名で、出どころは彼が好きだったタカラジェンヌの愛称らしい。

ヅカファンだけあり、常に宝塚の舞台メイクを真似しているため、近くで見ると付け睫の量といい、目を縁取る太いアイラインといい、違和感を持たずにいられない。

年齢は自称『アラサー』だが、アラフォーに間違いなく、更に年上かも、というのは桜井情報だった。素顔は端整であるのに、濃すぎる化粧で台無しにしている。気のいいオカマというのは表の顔で、裏では闇《やみ》社会にも通じている、有能な情報屋である。

その『表の顔』がこうも閑古鳥が鳴いている状態で、よく営業し続けられるな、と、本城は常に感心しているのだが、客がいない上に酒が飲めるこの店を、一番重宝して使っているのは彼と、そして桜井だった。

「今日はゴーは一緒じゃないの？」

問いかけてきたユリが、本城の背後に隠れるようにして立っていた柚木に気づき、

「あっ！」

と大きな声を上げる。

「騒ぐなよ？」

本城がそう声をかけたのは、美形好きを公言して憚《はばか》らないユリが、

『きれー！』

だの、

『うつくしー‼』

だのと騒ぎ始めるだろうと思っていたからだ。が、彼のリアクションは本城が予測したものとはまるで違った。

「ポンちゃん！　あんた……っ」

ユリはそう言ったかと思うと、物凄くキツい目で柚木を睨み、吐き捨てるようにこう告げたのである。

「ちょっとあんた、なんの用？　ウチはあんたみたいなの、出入り禁止よ？」

「ゆ、ユリちゃん？」

いきなりどうしたのか、と目を見開く本城の背後から、

「あーあ、見つかった」

と柚木が笑いながら顔を出し、肩を竦める。

「ポンちゃんはそういう人じゃないの。さあ、出てって！」

物凄い剣幕でまくし立てるユリを、本城は慌てて「まあまあ」と制すると、

「なに、知り合いか？」

と、ユリと柚木、代わる代わるに見ながら尋ねた。

「知り合いのわけないじゃない！　こんな淫売‼」

尚も口汚く罵《ののし》るユリの言葉にぎょっとし、

「淫売？」

と本城が問いかける。

「そうよう！　ポンちゃん、こいつがどんな奴か、あんた、知らないで引っかかったんでしょ？」

ユリがそう本城に言い捨てたその横から、柚木がさっとポケットから出した警察手帳を彼に示してみせる。

「新宿中央署の柚木です。以後、お見知りおきを」

「あんた、刑事だったの⁇」

ユリが心底仰天した顔になり、柚木の手からぱっと警察手帳を取り上げ、写真と柚木を見比べている。

「しかも警部って、ポンちゃんより階級、上じゃない！」

驚く彼の手から、警察手帳をさっと取り上げると、柚木は彼と、そして本城ににっこりと微笑みかけ、先にスツールに腰を下ろした。

「知り合い……じゃねえのか」

このやりとりを見ていると、と訝りつつも本城もまた、スツールに腰を下ろす。

「直接は知らないわ」

「俺も知らないよ」

つん、とそっぽを向くユリと、苦笑する柚木、二人をまた、代わる代わる見ていた本城だが、早く話に入ろう、と思い、むっとしつつもボトルを手にしたユリを片手で拝んだ。

「ユリちゃん、悪い。ちょっと席、外してもらえるか？」

「いいけど」

ユリはじろ、と本城を睨んだあと、続いて更に厳しい目を柚木へと向けた。

「俺が頼んだわけじゃないよ」

柚木がにっこり、と一目で作り笑いとわかるように微笑み、わざとらしく本城にしなだれかかってみせる。

「おい、よせって」

「そうよ！　ウチの店でおかしな真似し始めたら、すぐ叩き出すわよ‼」

ユリはそう言い捨てたかと思うと、

「ポンちゃんも！　わかったわね‼」

と啞然としている本城をビシッと指さしたあと、ボトルをカウンターに置き、物凄い勢いでアイスペールに氷を入れ、グラスを二つ並べてから奥へと引っ込んでいった。

「……一体、どういうことだ？」

本城とユリの付き合いは、新宿中央署に桜井と共に配属になった直後から始まっているので、もう三年以上になる。だが、ああも不機嫌な姿を見たことがなかった、と驚く本城の前で、柚木は、

「さあ」

と苦笑しつつも、手早く二つのグラスに氷を入れ、本城が桜井と連名で入れていた安いバーボンのボトルを手に取ると、それをグラスに注ぎ始めた。

「水を用意しなかったってことは、いつもロックなんだ？」

はい、と原液をなみなみと注いだグラスを差し出してきながら、柚木が笑いかける。

「ああ、すみません」

ユリにも言われたが、階級が上の人間に酒を作らせてしまった、と本城が一応詫びると、

「乾杯」

そんなことは気にする必要ない、とばかりに柚木は微笑み、自身のグラスを取り上げた。

「乾杯」

差し出されたグラスに本城も自分のグラスをぶつける。と、自分もまたなみなみと原液をグラスの縁まで注いでいた柚木が、一気にそのグラスを飲み干した。

「げっ」

なんつう飲みっぷり、と驚きの声を本城が上げたのは、そうもぐいぐい飲まれては、ボト

ルがあっという間に空になる、と案じたためもあった。

「大丈夫、次のボトルは俺が入れるから」

何も言わずともそれを察したらしい柚木はそう笑うと、空になった自分のグラスにまたどばどばとバーボンを注ぎ始めた。

「おい」

それにしても飲みすぎだろう、と声をかけた本城を見ず、柚木がまたグラスを呷る。

「酔いでもしなきゃ、ちょっと話しにくいんだよね」

「……え？」

どういうことだ、と本城は問い返したが、柚木は答えず、三杯目の酒を注いだグラスを、

「乾杯」

と、ぶつけてきた。

「ポンちゃんも飲んでよ」

「『ポンちゃん』はよせ」

『ポンちゃん』というのは、二丁目での本城のあだ名だった。監察医の犬塚も二丁目の常連であるので彼を『ポンちゃん』呼ばわりする。

今いる場所は二丁目だが、柚木にはそう呼ばれたくない、と言い返すと、

「いいじゃん、ポンちゃん」

と柚木は相手にせず、三杯目の酒も勢いよく呷った。

「で、何を酔わないと話せないんだ？」

このままでは話を聞き出すより前に、酔い潰れてしまうかも、と案じた本城が、柚木に問いかける。

柚木は四杯目の酒を自身のグラスに注ぎながら、ちら、と本城を見た。本城もまた、柚木を見返す。

暫しの沈黙が流れたあと、柚木は四杯目の酒を一気に飲み干し、再び本城を見た。

「あんたの聞きたいこと。だからほら、飲んでくれよ」

「え？」

目で、手にしたまま少しも口をつけていなかったグラスを示され、本城も自身のグラスを見る。

「相手が素面《しらふ》だと思うと、ちょっと話しにくいんだよね」

苦笑する柚木に本城は、『ふざけるな』と言うこともできた。

何が『話しにくい』だ。もしそれが捜査に関係あることなら、『話しにくい』などとは言っていられないだろう。

そう言うことができたにもかかわらず、本城はグラスを一気に呷ると、自分で二杯目の酒を作り始めた。

その様子を見て、柚木は、くす、と笑ったあと、

「はい」

俺にも、と自分のグラスを差し出し、本城は彼のグラスにも酒を注いだ。

「ポンちゃん、優しいねえ」

「だから『ポンちゃん』はよせって」

その呼び名は定着してほしくない、と本城が柚木を睨む。

「わかった。じゃあ、俺も『誠』って呼ぼうかな」

ふふ、と柚木が微笑み、グラスを口元へと持っていく。

「………」

『ポンちゃん』よりはマシか、と思いつつ、本城もまたグラスを口へと運んだのだが、隣で柚木がぽつりと漏らした言葉には仰天したあまり、酒を飲むことを忘れ、大声を上げてしまったのだった。

「……俺、知ってるんだよ。被害者の男、二人とも……」

「なんだって!?」

あまりに衝撃的な内容に絶句し、隣に座る柚木を見やった本城の視界の先では、柚木が少しも減っていないグラスを憂いを含んだ瞳で見つめており、いつにないその表情が彼の美貌を際立たせているという、この場の緊張感にはそぐわぬ呑気な感想を本城にもたらしていた。

5

「『知ってる』ってどういうことだ？」

ようやく我に返った本城が柚木に問う。と、柚木は本城を見返し、苦笑したあと、口を開いた。

「あのさ、さっきのここのママ……ユリさんだっけ？　の、リアクション、どう思った？」

「え？」

いきなり話題が変わったことについていかれず、戸惑いの声を上げた本城は、今はそんなことを話している場合じゃないだろう、と柚木を睨んだ。

「ユリちゃんは関係ないだろう？」

「いや、あるんだよ」

『ちゃん』づけなんだ、と笑いながら柚木はグラスに口をつけると、

「実はね」

と悪戯《いたずら》っぽい目を向けてきたのだが、笑顔で語られる話の内容は、とても『悪戯っぽい』ものではなかった。

「俺、二丁目じゃ評判最悪なの。節操なしのヤリチンって」

「や、ヤリチン？」

絶世の美貌に相応しくない単語に、本城が絶句する。

「そう、ハッテン場で、よく男を引っかけてる。最初の被害者の田原も、今日の被害者の根津も引っかけて付き合い始めた。付き合うって言っても、セフレとしてだったけど」

「セフレ‼」

またもセンセーショナルな単語が出てきたことに、本城が絶句する。

「二人とも、ひと月ももたなかったけど……。ああ、多分、お前が田原のマンションで聞き込んできた『綺麗な男』って俺のことだよ。あいつと付き合ってたの、確か半年くらい前だし、それに俺、セックスの時、かなりでかい声、上げるし」

知ってるでしょ、と笑いかけてくる柚木からは、少しの後ろ暗さも感じられない。それがまた驚きだ、と思いながらも本城は、

「ちょっと、待ってくれ」

と、今までの話を頭の中で整理すべく柚木に問いかけた。

「田原とも根津とも面識があった……そういうことだな？」

「面識もあったし、身体の関係もあった。そういうこと」

茶化すような口調で柚木がそう言い、グラスを呷る。

「おい、ふざけるな」

と、本城は柚木を睨みかけたが、新たな酒を作る彼の指先が細かく震えていることに気づき、口を閉ざした。

「疑われないように先に言っておくけど、田原の部屋の合い鍵はとっくの昔に返している。根津とはもう三ヶ月以上、連絡を取ってないし、彼の部屋の鍵も返した。二人とも、単なるセフレだったから、別れる際にも特に揉めたりはしていない。俺は彼らの素性を知ってたが、向こうは俺の本当の素性は知らないはずだ。二人には翻訳家と嘘をついていたから」

「ハッテン場ってどこだ？　二丁目か？」

「公園だよ。新宿中央公園。あそこは人気のナンパスポットなんだ」

酒を作り終えた柚木が、グラスを口へと運ぶ。何杯も飲んだはずなのに、彼の顔色は紙のように白かった。

「……だから昼間、公園に行ったのか？　聞き込みのために？」

「まあね。昼間じゃ、そう『お仲間』には会えなかったけど」

本城の問いに柚木は肩を竦めて答えたあと、不意に、くす、と笑い、本城に身体を寄せてきた。

「あとは、田原のマンションに聞き込みに行くのがちょっと怖かった。結構頻繁に出入りしてたから、俺の顔、見た奴がいそうだと思ってさ」

現に一人いたしな、と笑い、幾分身体が引き気味になっていた本城から離れると柚木は、またごくごくとグラスを飲み干し、タンッと音を立ててカウンターへと下ろした。

そのまま彼はじっと動かなくなり、暫しの沈黙が店内に流れる。

空になったグラスを見つめる柚木の横顔を、本城も無言で眺め続けた。

見れば見るほど美しい横顔だった。ノンケの自分ですら思わず見惚れてしまうような美貌であるのだから、ゲイはことさら惹《ひ》かれるだろう。

しかし先ほどの話からすると、コナをかけたのは自分のほうからだったというように感じたが、と本城はそこを確認しようと、柚木に問いかけた。

「二人とも、警部から……その……」

誘ったのか、と言おうとし、その表現はどうかと迷って口を閉ざす。と、柚木はちらと本城を見やり、唇の端を上げるようにして笑うと、

「そう、俺から誘った。公園で声かけたんだ。『セックスしない？』って。二人とも、二つ返事でついてきたよ」

「どうして」

そんな問いをするつもりは、正直、本城にはなかった。更にそのときの状況を聞くつもりだったのに、気づいたときには彼の口から、ぽろりとその言葉が零れていた。

「え？」

柚木が戸惑った顔になり、本城を見返す。

「あ、いや……」

本城もまた、思わぬ自分の発言に戸惑い、言葉を失っていたのだが、そんな彼に対し、今度は柚木が問いを発した。

「『どうして』って、『どうして』二人を誘ったか？　それとも、『どうして』ハッテン場で男漁《あさ》りをしているか？」

「いや、その……」

本城が覚えた疑問は後者だったのだが、その問いは事件とはまるで関係のない内容である。今、聞くことではないし、何より、柚木のプライバシーだ。踏み込むべきところではないだろう、と本城は問いを取り下げようとした。その答えは自分の好奇心を満たすものでしかなかったためである。

が、柚木は余程鷹揚《おうよう》な性格なのか、

「別にいいぜ」

と笑うと、自分が提示した二つの問い、両方に答え始めた。

「二人を誘った理由は、結構好みだったから。二人とも若くて、セックスが強そうだったからさ。それから俺がハッテン場で男を漁る理由は、セックスが好きだから。いつもセフレを探しに行くんだ。言っただろ？　節操ナシのヤリチンだって」

「…………」

淡々と、それこそ笑顔で答える柚木の顔に、本城は思わずまじまじと見入ってしまった。

「どん引き？」

するよね、と柚木は笑ってまたグラスに酒を注ぎ始める。

「別に、セックス依存症とかじゃないぜ。まあ、あんたにも速攻乗っかってるから、それを疑われても仕方ないけど、これでも一応、セフレは選んでるし、それに、仕事に支障が出るようなセックスはしてない」

ＳＭとか、興味あるけど、と柚木はふざけて笑ったあと、

「ほら」

と手を差し出してくる。いつの間にか本城の手の中で空になっていたグラスを寄越せという意味か、と察したが、本城の手は動かなかった。

「そんな汚らわしい野郎が作った酒は飲めない？」

柚木が苦笑し、それなら、とボトルを差し出してくる。

「そういうわけじゃない」

本城の手が動かなかったのは、いかにも明るく喋る柚木の表情に一抹の翳《かげ》りを感じたためだった。その翳りは一体彼の、いかなる感情の発露か、とそれを考えていたため、反応できなかっただけなのだ。

別に、柚木を汚らわしいと思ったわけではない、と本城は慌ててグラスを差し出したあと、

「ああ」

と、今度は、階級が上の彼にまたも酒を作ってもらおうとしていることに気づき、グラスを引っ込めた。

「なに？」

「いや、本来俺が作るべきだったかと思って」

そう言う本城を見て、柚木は一瞬驚いたように目を見開いたものの、やがてくすくす笑い始めた。

「哀しき警察の縦社会だな」

そしてグラスをまた一気に空けると、はい、と本城に差し出してくる。

「氷も入れてくれ」

「わかった」

頷き、グラスを受け取ったとき、おそらくわざとと思われるが、柚木の指が本城の指に触れた。はっとし、グラスを離しそうになったが、すぐに我に返り握り直す。

「差別はしません……っていう主張？」

偽善者め、と笑う柚木を本城は、

「グラスを割るとユリちゃんが怒るからな」

と相手にせず、氷を入れ酒を注いだ。続いて自分のグラスにも注いでから、柚木にグラスを差し出す。

「ああ、それから、ちゃんと定期的に検査はしてる。遊びまくってるけどエイズも性病も陰性だから安心してくれ」

にっこり、とそう微笑まれ、思わず本城はグラスを取り落としそうになったが、またも気力で握り直すと、

「ほら」

とそれを柚木の前に置いた。

「サンキュ」

柚木がグラスを取り上げ、また一気に呷ろうとする。

「そんなにセックスが好きなのか？」

が、本城がそう問いかけると、手を止め、彼へと視線を向けた。

「ポンちゃんは嫌いなの？」

そうでもなさそうだったけど、と物言いたげに笑う、柚木の意図がわかった本城の頭に一瞬血が上りかける。

要は自分を抱いたときのことを言っているのだろうと察した本城は、

「別に嫌いじゃないが、セフレを探すほど、好きじゃない」

と答えながら、そもそもなぜ自分は柚木に対し『セックスが好きか』と問いかけたのだろうと、自分自身の行動に首を傾げた。

「セフレは楽だよ。人間関係ってなんか、面倒くさいじゃない」

本城自身にはわからなかったその問いの意図を柚木は察していたらしく、酒を舐《な》めながら喋り始める。

「抱かれたいときに抱かれるし、抱きたいときに抱く。独り寝が寂しいときにだけ呼び出して、セックスして、それで寝る。楽なんだけど、楽と感じるのはどうやら俺だけらしくて、どのセフレともひと月もたない」

ここまで話すと柚木は本城を見やり、少し困ったように笑ってみせた。

「それでまた、新たなセフレを探してハッテン場に行く。で、『ユリちゃん』に嫌われる、ってわけ」

「セフレから別れを切り出される……？」

そういうことか、と問いかけると、柚木は、

「そのとおり」

と笑い、酒を呷った。

「ふられてばっかりだ」

「ふられるっつーか……恋人になりたいんじゃねえの？　相手は警部の」

今の話を本城はそう理解し、確認を取ったのだが、途端に柚木が吹き出した。

「『警部』はやめてくれ。柚木でいいよ。なんなら容右でもいい」

「……柚木さん」

階級に関し、先ほども揶揄していたところを見ると、柚木は警察内には珍しく、上下関係をそう気にしないタイプなのかもしれない。とは思ったものの、やはり呼び捨ては躊躇われ、本城は『さん』づけで名を呼んだ。

「『さん』はいらない。これからコンビになるんだから。ね、ポンちゃん」

柚木はそう笑うと、グラスを持っていないほうの手で、ぽん、と本城の肩を叩いた。

「ちょっと待ってくれ。いつの間にコンビ？」

聞いてない、と慌てる本城に、

「再度課長に頼んでおいた。今後もペアを組ませてくれって」

さも、当然のことのように柚木はそう言うと、グラスを下ろし、さっと右手を差し出してきた。

「そういうわけだから、これからよろしく」

「よろしくって言われても……」

だいたい自分には一応、桜井という相方がいるのだが、と戸惑いの声を上げた本城の顔を、柚木が覗き込んでくる。

「言ったろ？　俺は他人のものを盗《と》るのが好きだって」

「別に俺は誰のものでもねえし」

何を言ってるんだか、と言い返したあと、もしや自分と桜井の仲を疑っているのかと気づいた本城は、それを訂正しようとしたのだが、

「まあ、どうでもいいけど」

それより前に柚木は話を打ち切ると、

「そういうわけで、明日も俺は単独で動くから」

ニッと笑いかけてきた。

単独行動をするために、相方に自分を選んだのか、とようやくここで本城は柚木の意図を察した。

「……単独で何を調べるんだ？」

基本、刑事の捜査は二人一組で当たる。今日に続き明日も一人で行動させるのはどうなのだ、と本城が柚木に尋ねる。

「ハッテン場を聞き込むつもりだ。最近あの二人が誰かと付き合っていなかったか。俺と会ったのも公園だから、新しい彼氏も公園で見つけた可能性が高いんじゃないかと思う」

「…………」

柚木の話を聞き本城は、それならその旨課長に許可を得て、と言いかけたのだが、なぜハ

ッテン場なのかと追及された際のことを思うと、やはりそれは言えないか、と思い直した。

なんとか理由を説明せずにすむ方法は、と考え、思いついた案を口にする。

「ユリちゃんから聞き込んだ、というのはどうだ？　あの二人がハッテン場の公園によく出没していたという……」

「大がかりな聞き込みをかけられると、ちょっと俺が困るんだ」

が、柚木にそう苦笑されては、何も言えなくなった。

「まあ、時間の問題という気もするけど」

その上、肩を竦めてみせた彼の顔に、先ほどの翳りをまた見出《みいだ》してしまっては、本城は黙っていることができず、つい、

「それなら、俺が一緒に聞き込もう」

そう告げてしまっていた。

「え？」

柚木が戸惑った声を上げる。

「だから、俺も公園の聞き込みを手伝うって言ったんだ」

「別にいいよ。第一、お前には明日、割り振られる仕事があるだろ」

本城の発言内容を理解したらしい柚木は、笑って彼の申し出を退けようとしたが、本城は一歩も引かなかった。

「一人じゃ、できることに限界がある」

「とはいえ、二人して消えるわけにはいかないだろ」

「その辺はなんとかする」

暫し言い合ったあと、ようやく折れたのは柚木だった。

「……まったく、命令違反で懲戒になっても知らないぞ？」

「それはお互い様だろう」

納得してくれたか、と安堵《あんど》し、本城は思わず笑ったのだが、なぜこうもほっとしているのか、その理由は考えてもわからなかった。

「それじゃ、明日に備えて今夜はこの辺にしとくか」

柚木がそう言い、タンッとグラスをテーブルに置く。

「ああ、そうだな」

本城は頷き、店の奥にいるユリに声をかけた。

「おい、勘定、頼む」

「あら、もう帰るの？」

ユリはすぐに奥から出てくると、ほぼ空になっているボトルを見て目を見開いた。

「二人とも、ザルねえ」

「新しいボトル、入れておいて」

柚木がポケットから札入れを取り出し、一万円札を三枚引き抜いてカウンターに置く。

「できればもう一ランク上のバーボンを」

「それなら三万じゃ足りないわ」

ふん、とユリがそっぽを向いたのに、

「ボるね」

と柚木は笑うと、あと二万、財布から取り出し先ほどの札に重ねた。

「それじゃ、ご馳走様」

「ちょ……っ！　お前っ」

そのまま店を出ていこうとする柚木の腕を本城が摑んで足を止めさせる。

「なに？」

「多いのよ！」

ユリがカウンターの中から怒鳴るのに、

「チップ」

と柚木は振り返りもせず言い捨てると、本城の手を振り払い、ドアへと向かっていった。

「ちょっと待てよ！」

慌てて本城が彼のあとを追う。

「あんたからチップなんて受け取れないって言っといて！」

ユリの声を背に店を出て、華奢《きゃしゃ》な後ろ姿を探した本城は、既に遥《はる》か前方にいる柚木を見つけ慌てて駆け寄った。

「待ってくれ。俺も払う」

ようやく追いつき、腕を掴むと、柚木は振り返ったが首を横に振った。

「別にいいよ。俺のほうが断然、収入多いし」

「……っ」

まさにそのとおりであろうとわかるだけに、何も言えなくなった本城の手を、逆に柚木が握ってくる。

「なあ、これから、セックスしない？」

「……しない」

するか、と本城は柚木の手を振り払い「それじゃな」と踵《きびす》を返しかけたのだが、もしや、とはっとし、再び彼を振り返った。

「なんだよ」

気配を察したのか、柚木もまた本城を振り返る。

「まさかこのあと、ハッテン場に行こうなんて考えてないよな？」

自分が断ったので、新たなセフレを探しに行くのではないか、と思い本城は問いかけたのだが、それを聞いて柚木は——爆笑した。

「しないしない。だいたい今の誘いもジョークだ」

「ジョーク？」

「ああ、明日も早いって言ったろ」

戸惑い、問い返した本城に、げらげら笑いながら柚木はそう言うと、

「それじゃ、明日、朝七時に中央公園の入り口な」

と、ウインクし、そのまま歩き去っていった。

「……………ジョーク……」

なんだ、そうだったのか、と、呟き、その背を見送っていた本城は、自分の胸に宿っている感情が『落胆』としか言いようのないものであることに気づき、愕然とした。

「俺はゲイじゃねえし」

セフレもいらないし、と呟き、踵を返して歩き始める。仲通りに出て、二丁目の喧噪《けんそう》を眺めながら本城は、今聞いたばかりの柚木の話を思い起こしていた。

被害者が二人ともかつて柚木のセフレだったというのは驚きだった。しかしそれ以上に驚いたのは、柚木の貞操観念のなさだった、と、またも本城の口から我知らず溜め息が漏れる。

あの様子では今までにセフレが何人いたかわかったものではない。そういえば警視庁から左遷された原因も、上司との関係が彼の妻に知られたからということだったが、その上司もセフレだったと言ってたな、と彼の言葉を思い出しなんともいえない気持ちに陥ったものの、

別に自分とは関係ないことかと気づいてまた溜め息をつく。

関係ないはずなのに、なぜ自分は明日、その柚木の聞き込みに同行しようとしているのだろう。業務命令を無視してまで、と、本城は自然と足を止め、柚木が立ち去ったほうを振り返った。

「………」

当然ながら、既に柚木の華奢な背は遠ざかり、影を探すこともできない。そうとわかって尚、本城はその場に立ち尽くし、ネオンに照らされた通りの向こうに柚木の姿を探してしまっていた。


翌朝の待ち合わせは七時という早い時間ではあったが、本城は五分前に到着し、新宿中央公園の入り口で柚木を待っていた。

七時ちょうどになっても柚木は現れず、それから五分待ってもまだ連絡もなかったので、本城は携帯電話を取り出し、彼の番号を呼び出した。

まさにかけようとしたそのとき、

「悪い悪い」

という、少しも『悪い』とは思っていないであろう声音と共に、柚木が姿を現した。

「………」

本城は待ち合わせ時間には遅れたことがないという几帳面《きちょうめん》な一面を持っている。豪快が服を着て歩いているような外見や、机周りや彼の部屋が乱雑を極めている様からはわかりづらいのだが、時間にはきっちりしたタイプなのである。

それゆえ彼は、遅刻をしたにもかかわらず、まったく罪悪感を抱いているとは感じられない柚木に、つい冷たい目を向けてしまったのだが、柚木はどうやらその『目』が気に入らなかったらしく、

「なんだよ」

と絡んできた。

「遅刻だ」

絡まれなければ流すつもりであったが、さも、むかついた、という顔をされては、もともとそう温和な性格ではない本城もカチンときて、思わずそう言い返した。

「遅刻って、五分だろ？」

腕時計を本城に示しながら、柚木が不本意だ、というように逆に言い返してくる。

「五分だって遅刻は遅刻だ」

「五分なら誤差の範囲だろ」

「誤差……」

誤差というのは数秒を言うのではないのか、と呆れた本城に、

「見かけによらず細かいな」

と、柚木もまた呆れてみせる。

「見かけによらないのはどっちだ」

いかにも几帳面に見える、と、その美貌を見返した本城の前で、柚木が形のいい唇を歪め、にやりと笑う。

「見たまんまだろ？　時間の感覚も下半身も緩いんだよ」

「………」

自虐的、としか言いようのない言葉に対し、どうコメントしていいかと本城は一瞬言葉に詰まったものの、目の前で苦笑する柚木を見て、こうして絶句するほうがよくないか、とすぐに気づいた。

「緩いのは下半身だけにしてくれ」

柚木の望んでいたのはこうした切り返しだろうという本城の判断は誤っていなかったらしく、

「言うねえ」

と柚木は『苦笑』から『微笑』に変わると、本城の肩を拳《こぶし》で小突いてきた。

「そろそろ、聞き込みを始めようぜ」

その拳をさっとかわし、本城が柚木に声をかける。

「この時間なら皆、屋根付きの場所に移動してるな」

「屋根付き？」

問い返した本城に柚木が、あそこ、と公園の前にある一軒の建物を顎で示す。

「一泊三千円の、ホテルというかなんというか……一応、仕切りはあるが、フロアの空いているところでそれぞれパートナーと『いたす』場所だ。あの外で張り込み、出てきたカップルに話を聞こうぜ」

当たり前のことを話すようにすらすらとそう言い、柚木が先に立って歩き始める。

「お、おう」

ゲイの世界にはめっきり疎い本城は、この公園が『ハッテン場』であるという程度の知識はなんとなく得ていたが、このような簡易宿泊所の存在までは知らなかった。

もしや柚木も使ったことがあるのか、とつい、後ろ姿を見てしまう。本城の視線の先で柚木はポケットから黒縁の眼鏡を取り出しそれをかけた。

「おい？」

どうした、と問いかけた本城を柚木が振り返り、少し照れた顔で笑う。

「いや、以前コナかけた相手がいたらマズいと思って」

「…………」

その言葉から、やはり彼はこの場所を『使用済み』ということなんだろうな、と本城は察し、またも言葉を失ってしまったのだが、ちょうどそのとき胸ポケットに入れていた携帯電話が着信に震えた。

「あれ」

柚木もまた携帯電話を取り出し、ディスプレイを見る。

「…………」

「…………」

二人、目を見交わしたあと、すぐに応対に出ることを躊躇ったのは、画面に浮かぶ『非通知』の文字を見たためだった。

おそらく職場からに違いない。今日は業務命令を無視し、中央公園近辺で聞き込みをすると決めていたため、本城も、そして柚木も、電話には出ずにすませようと思ったのだが、次の瞬間柚木が、

「業務連絡にしちゃ、早いよな」

と本城を見た。

「確かに」

朝の七時に、単なる業務連絡がかかってくることはない。となると、と二人は再び目を見

交わすと、ほぼ同時にそれぞれ対応に出た。

「はい、本城」

「柚木です」

『本城か。今、家か？』

本城に電話をかけてきたのは佐藤課長だった。声に緊迫感が溢れている。

「あ、はい」

普段なら家にいる時間ゆえ、嘘を答えた本城は、傍らから響いてきた、

「なんだって⁉」

という柚木の声に驚き、思わず彼を振り返った。

『おい、聞いてるか？』

途端に耳に当てた携帯電話から佐藤の訝しげな声が響き、いけない、と意識をそちらに向けつつも本城は、目の前で真っ青になっている柚木の顔から視線を外すことができずにいたのだが、続く課長の言葉には彼もまた仰天し、大声を上げてしまったのだった。

『第三の殺人が起こった。すぐ、現場に急行してくれ』

「第三の殺人⁉」

鸚鵡《おうむ》返しにする本城にかまわず、課長が現場住所を読み上げ始めたため、本城は慌てて手帳を取り出しメモを取った。

『今度の現場は新大久保《しんおおくぼ》のアパートだ。被害者の名前は大井彰《おおいあきら》。住所を言う』

「はい」

課長が読み上げる住所と被害者の名前を本城は復唱したのだが、ふと視線を感じ見やった先で柚木が相変わらず真っ青な顔をしていることに気づいた。

彼は既に通話を切っており、食い入るように本城を見つめている。

「？」

なぜそんな顔を、と本城もまた、柚木の青ざめた顔を見返しつつ、課長にはすぐに現場に向かうと告げ、電話を切った。

「どうした？」

尚も自身を見つめる柚木に、本城は問いかけたのだが、答えを聞くより前に彼の胸には、急速に『いやな予感』としか言いようのない感情が湧《わ》き起こっていた。

どうやら刑事の勘が呼び起こしたらしいその感情を抑え込みつつ、本城は黙り込んだままの柚木に対し、もう一度、

「どうした？」

と問いかける。

そのとき柚木は一瞬、泣きだしそうな顔になった。まるで幼な子のような頼りない表情を見せる彼に驚き、本城は思わず、

「おい？」

と彼の両肩を摑んでしまったのだが、それが柚木を我に返らせたらしく、

「悪い」

と、白い顔のまま、無理矢理のように笑ってみせた。

「どうした？」

三度同じ問いを発した本城に、柚木は一瞬言いよどんだものの、すぐに、はあ、と大きく溜め息をつくと、ぼそりと言葉を吐き出した。

「……今度の被害者も……俺、知ってる」

「なんだと⁉」

抱いていた予感以上の驚くべき事実に、本城の口から大声が漏れる。

「……セフレだったんだよ。三ヶ月前まで」

微笑みながら言葉を続ける柚木の頰はピクピクと痙攣《けいれん》し、彼の声は酷く掠れていた。

「そんな……」

二人までなら『偶然』もあったかもしれない。だが、三人目も、となると、最早《もはや》偶然では片付けられないことになるのでは——衝撃の事実を前に本城は、引き攣《つ》る笑顔の柚木と共に、暫しその場で呆然と立ち尽くしてしまったのだった。

6

本城《ほんじょう》と柚木《ゆずき》はその後すぐに、殺害現場となった新大久保《しんおおくぼ》のアパートへと向かった。

「こんなに頻繁に会いたくないわよねえ」

『KEEP OUT』の黄色い現場保存テープが張られた室内で、既に遺体の検案に訪れていた監察医の犬塚《いぬづか》が、本城と柚木の姿を認め、そう声をかけてきた。

「ガイシャは？　また滅多刺しか？」

本城の問いに犬塚が「ええ」と憂鬱そうな顔で頷《うなず》き、

「黒ちゃん」

と助手に声をかける。

「あ、はい」

助手にして犬塚の恋人の黒川《くろかわ》が、慌ててシートを捲《めく》ってくれたのだが、そこには本城もまた憂鬱になるような、全身をナイフで滅多刺しにされた遺体があった。

「…………っ」

本城の横で遺体を見ていた柚木が、はっとした顔になったあと、すぐに目を背ける。このリアクションは、三人目の被害者もやはり自分のセフレに間違いなかったということだろう、と察した本城は、大丈夫か、という思いを込め、柚木の顔を覗《のぞ》き込んだ。

「…………」

大丈夫、と笑ってみせた柚木の笑顔は引き攣《つ》っていた。大丈夫には見えないな、と尚も彼の青ざめた顔を本城が凝視したそのとき、

「誠《まこと》、早いじゃん」

という声がしたと同時に、本城は後ろからがしっと肩を抱かれていた。

「近いって」

朝からうぜえ、と声の主、桜井《さくらい》の手を振り払い、じろりと睨《にら》む。

「おはようのキスくらい、いいだろ？」

「何がキスだよ」

ふざけるな、と、どうも本気で拗《す》ねているように見える桜井をどつくと本城は、

「いてえな」

と睨み付けてきた彼の視線を遺体へと向けてやることにした。

「見ろよ。三人目の犠牲者だ」

「相変わらず容赦ない刺しっぷりだねえ」

朝から見たいモンじゃない、と軽口を叩きながらも桜井は遺体の様子を観察し始めた。

「これ、スタンガン？」

首筋に残る火傷《やけど》のような痕《あと》を指さし、桜井が犬塚に問う。

「おそらく」

犬塚が頷き、黒川に目で合図をした。

「は、はい」

慌てて黒川が、遺体のシャツを捲《まく》り、もう一ヶ所、火傷の痕を露《あら》わにした。

「念のため、か。スタンガンは当然……」

犯人が持ち帰ったのだろうな、と周囲を見回し、本城が問いかける。

「少なくとも遺体の近辺にはなかったわね」

犬塚が答え、肩を竦《すく》めた。

「現場は、被害者の部屋なんだよな。鍵は？」

見に行くか、と振り返った本城に、先に現場入りしていた渡辺《わたなべ》が駆け寄ってきて状況を説明してくれた。

「鍵は壊されてもいませんし、ピッキングされた跡もありません。施錠されてなかったのか、合い鍵を使ったのかまではわかりませんが、鑑識さんの話だと、今回も指紋は出てないようです」

「……今回も、犯人はこの部屋の合い鍵を持っていた……？」

一人目の被害者、田原《たはら》の自宅は、おそらく犯人により、その日常を知る手がかりとなるものがことごとく持ち去られていた。

そんなことをするには部屋の合い鍵が必要となる。それを持っている人物、ということで捜査会議では、田原の同性の恋人、喘《あえ》ぎ声の高い美貌《びぼう》の男への疑いが深まったのだった。

その『美貌の男』が実は柚木であるということを知っている本城はまた、彼から田原の部屋の合い鍵を返した、という話も聞いていた。

柚木の言葉を疑ったわけではないが、桜井が犬塚に、

「で、死亡推定時刻は？」

と尋ね、犬塚が、

「昨夜の二十三時から深夜一時くらいの間かな」

と答えたのを聞き、密《ひそ》かに胸を撫《な》で下ろした。

別に本城とて、柚木が犯人と疑っているわけではなかった。だが、その時間なら柚木と自分は一緒にいたと断言できることがなぜか本城を安堵《あんど》させていた。

そのことに気づき、狼狽《ろうばい》しかけた本城に、桜井が話しかけてくる。

「で？　被害者はどういった人物なんだ？」

「飲食店のマネージャーのようです。名刺入れに名刺がありました」

本城に代わり答えたのは渡辺だった。被害者の名刺入れを取りに行き、中の名刺を皆に示

してみせる。

「キャバクラの雇われ店長か。今までの被害者二人とは、接点、なさそうだなあ」

名刺を見ながらそう告げた桜井の言葉に、

「そうだな」

と相槌《あいづち》を打つ本城の声が微《かす》かに震える。

「ん？」

敏感に気づいた桜井が、本城の顔を覗き込んできた。

「何か気になることでもあるのかよ？」

「いや、別に……」

慌てて首を横に振る本城の胸には、その答えとは裏腹に『気になること』が溢《あふ》れていた。

被害者三人の接点を、本城は既に知っている。偶然か、はたまた必然か、殺された三人は揃《そろ》いも揃って柚木のセフレだったのである。

しかも、今、本城は気づいたのだが、殺された順番もどうやら、柚木が彼らと付き合っていた時期の古い順となっていた。

最初の被害者、田原は、今から半年前、二番目の被害者、根津がそのあと五ヶ月ほど前から付き合い始め、四ヶ月前に別れている。そして第三の被害者は、その後付き合って今から三ヶ月前に別れたセフレだと、現場に到着するまでの間に、本城は柚木から聞き出していた。

この一連の事件が、同一犯による犯行だという可能性は著しく高い。となると、事件の背景に、被害者全員と面識のあった柚木が絡んでくるのでは、ということは、本城にも容易に想像がついた。だが問題は、柚木がそれを公表するかだ、と、相変わらず青ざめた顔で立ち尽くす彼を見る。

ゲイであると公表するだけでも勇気がいるのに、『セフレ』という付き合いをしていたとなれば、更にハードルが上がろう。

しかも、彼は同性の上司との関係を理由に左遷されてきたばかりである。できれば隠したいというのが人情だ。

だが、捜査のためには公表すべき――否、する必要がある。更に言えばしなければならないことだとは本城にもわかっているが、柚木が口を開かぬものを敢《あ》えて自分がそれを上司や同僚に打ち明けることは、やはりできなかった。

柚木はどうするのか――再び視線を向けると、今回はそれに気づいたらしく、彼は本城に薄く笑ってみせたあと、口を開いた。

「早急に捜査会議を開催したい。現場検証が終わったら署に集まってくれ」

「え？」

柚木の綺麗な張りのある声が室内に響き渡ったのに、まず桜井が戸惑いの声を上げ本城を見た。渡辺や他の刑事たちも驚いた顔で柚木を見ている。

本城もまた柚木を見たのだが、彼の胸には他の刑事たちにはない驚きが溢れていた。

公表する気だ――そう察した本城の気持ちを読んだかのように柚木は本城を真っ直《ます》ぐに見返し、小さく頷いてみせたのだった。

新宿《しんじゅく》中央署の会議室に刑事たちが集まると、柚木はまず課長に対し勝手に召集をかけたことを詫《わ》びた。

「いや、別に……」

佐藤《さとう》課長は、正直、面白く感じていないようだったが、それを態度に出すのは大人げないと思ったらしく、引き攣った顔で笑うと、

「で、どうした？」

と柚木に尋ねた。柚木は彼を、続いてぐるりと課員たちの顔を見渡すと、

「実は今回の事件について、報告があります」

そう話を切り出したものの、やはり言いづらいのかここで柚木は一旦《いったん》息をついた。が、すぐに気を取り直した様子になると、顔を上げたまま、淡々とした口調で語り始めた。

「今回の三人の被害者と、私は面識があります」

「なんだと!?」

まず佐藤課長が驚きの声を上げ、課員たちもざわつき始める。

「面識というのはどういった？　あの三人の間にはなんの繋《つな》がりも見いだせてないが……」

課長が矢継ぎ早に問いかける。気持ちはわかるが、もう少しゆっくり話を聞いてやってくれ、と、そんな願いを込めて二人のやりとりを眺めていた本城の前で、柚木は一瞬唇を引き締めると、すぐ笑顔になり話し始めた。

「三人とも、私のセフレです」

「せ、セフレ？」

課長が、そして課員たちが仰天した声を上げる。本城もまた驚き柚木を見たのだが、それは柚木がこうもストレートな表現でぶちまけるとは考えていなかったためだった。

あらゆる意味で予想を裏切る、と目を見開いていた本城に、横から桜井が囁《ささや》いてくる。

「お前、知ってたな？」

「え？」

いかにも不機嫌そうな、ぶすっとした声音に戸惑いを覚え本城が桜井を見る。顔にも不機嫌であることがありありとわかる表情を浮かべていた桜井は、じろ、と本城を睨んだまま、またこそりと囁いてきた。

「だからこそこそ二人で動いてたんだろ？　どうして知った？　柚木警部から打ち明けられ

たのか？」

「打ち明けられたわけじゃない。俺が聞いた」

実際そうだったため、本城は正直に答えたのだが、桜井から返ってきたリアクションは疑いの眼差《まなざ》しだった。

「なんだよ」

本城は睨み返したが、そのときには既に柚木が再び話し始めていたので、意識をそちらへと向けた。

「最初の被害者、田原とは半年前に付き合っていました。彼のマンションで目撃されている同性の恋人というのは私です。ひと月弱で別れ、合い鍵も返しています。二人目の被害者、根津《ねづ》とはそのあとやはりひと月弱付き合いましたが、別れて今は交流なしです。三人目の被害者、大井《おおい》はそのあと、やはりひと月弱、付き合いました。彼とも別れたあとに交流はありません。合い鍵も返しています」

「ちょ、ちょっと」

すらすらと話し続ける柚木の横で、ようやく落ち着きを取り戻したらしい課長が口を挟む。

「はい？」

なんでしょう、と微笑《ほほえ》む柚木に課長は、いかにも言いづらそうに言葉を選びつつ問いかけた。

「あの、柚木警部、『セフレ』というのは、その……世間一般で言う意味と解していいのか？」

「はい、勿論《もちろん》。彼らは私の『セックスフレンド』でした」

柚木は微笑んだままそう言い切ると、呆然《ぼうぜん》と話を聞いていた課員たちをちら、と、見やり、言葉を足した。

「私はゲイで、彼らもゲイだった――そういうわけです」

「ちょっと待ってください。なぜ被害者たちと面識があることを今まで隠していたんですか」

ここで挙手し、立ち上がったのは桜井だった。

「おい」

まだ話の途中だ、と本城は横から彼を制しようとしたのだが、桜井は本城を無視し、糾弾といってもいいような強い口調で柚木を問い詰め始めた。

「ゲイだということを隠したかったからですか？　しかし警部が二人目の被害者が出た段階でそれを明かしていれば、三人目の大井の被害は防げたかもしれない！　なのになぜ……っ」

「ちょっと待てよ、それはさすがに言いすぎだろう」

ここで本城が立ち上がり桜井を制したのは、柚木を庇《かば》いたいから、という思いよりは、どちらかというと、センセーショナルな柚木の報告により、一連の殺人事件の捜査方向が偏ってしまいがちになる、その軌道修正をしたいという考えからだった。

桜井が陥ったその偏りに、他の刑事たちも陥っているのは、皆の目に疑いの色が濃く表れていることからもわかる、と周囲を見回し本城が口を開く。

「三人の被害者が柚木警部のセフレ……いや、その、面識があったにしても、それが事件とかかわってくるか否かはこれから調べることだろう？」

本城の発言に、室内は一瞬しんとなったものの、すぐに桜井が嚙《か》みついてきた。

「まったく関連性のない三人の被害者が繋がったんだぞ？　事件にかかわってくるに決まってるだろうが！」

「だから決めつけは危険だと言ってるんだ！　あくまでも可能性の一つだろ？」

桜井のきつい語調に、つい本城もつられて声を荒らげる。と、桜井は本城を睨み付けたかと思うと、

「どうして誠は警部を庇う？」

と彼を怒鳴りつけてきた。

「はあ？」

何を言ってるんだ、と本城が更に高い声を上げるのを、

「お前たち、いい加減にしろっ」

と佐藤が場を収めようとしたそのとき、いきなり会議室のドアが開いたかと思うと、スーツ姿の三人の男が室内に入ってきたものだから、部屋にいた刑事たちは皆、驚き、闖入者《ちんにゅうしゃ》たちを見やった。

「警視庁捜査一課の高岡《たかおか》だ」

先頭に立っていた、銀縁眼鏡をかけた長身の男が口を開き、手帳を佐藤にかざす。

「あ、どうも……」

課長が戸惑いつつも会釈をした横で、柚木が驚いたように目を見開いている。その顔につい注目してしまっていた本城は、横から桜井に思いきり腕を抓《つね》られ、

「痛っ」

と悲鳴を上げた。途端に室内の注目を集めてしまい、

「すみません」

と頭を下げたあと、じろ、と桜井を睨む。桜井は本城を睨み返すと、すぐ、ふいと目を逸《そ》らしてしまった。

なんなんだよ、と桜井の腕を取ろうとした本城だが、前で高岡が喋《しゃべ》りだしたために、はっとし、またそちらへと注目した。

「今後、この一連の殺人事件の陣頭指揮は、我々警視庁捜査一課が執ることになった。所轄は我々の指示に従うように」

「なんだって!?」

血の気《け》の多い桜井が声を張り上げる。と、高岡はキッと桜井を見据え、

「決定事項だ」

と言い捨てた。

「………わ、わかりました……」

前の席で佐藤課長が力なく頷き、項垂《うなだ》れる。

「席を替わってください」

そんな彼に高岡は冷たいと言ってもいいような口調でそう告げると、横に座っていた柚木に厳しい視線を向けつつ口を開いた。

「お前は会議室を出ろ。捜査に加わることは許さん」

「ちょっと待ってください。なぜですか？」

ここでまた本城が声を上げてしまったのは、当然反発するであろうと予測していたにもかかわらず、柚木が無言で席を立ったためだった。

「なんだね、君は」

高岡が本城を振り返り、眼鏡越しに睨み付けてくる。

「本城です」

名乗ったあと、どういうつもりか、と高岡を問い質《ただ》そうとしたのだが、それを制したのはなんと、本城が庇った柚木、その人だった。

「本城、もういい」

硬い表情のまま柚木はそう言うと、部屋を出ていった。

「柚木！」

思わず叫んだ本城の声と、高岡の冷たい声音が重なって室内に響く。

「柚木警部は被害者三人と個人的な繋がりがあった。捜査から外すのは当然だろう」

「しかし……っ」

それでも、と本城は声を上げかけ、ふと、なぜそれを知っているのだと高岡を見た。

「先ほど、彼が自分で言っていただろう」

本城の疑問に気づいたらしい高岡がそう言い「いいから座れ」と命令口調で告げる。

なぜ、唐突に現れた、自分の上司でもない男の命令に従わねばならないのだ、と本城は椅子を蹴《け》りかけたのだが、横から桜井が、

「よせ」

と腕を引き、強引に席に座らせたため、仕方なくその場にとどまった。部屋を飛び出しては自分もまた捜査から外される危険があることに気づいたからである。

「それでは捜査会議を続行する」

高岡が長机の真ん中に座り、両サイドに彼と同じく本庁から来た刑事たちが腰を下ろす。

「林田《はやしだ》警部と生野《いくの》警部補だ」

二人を簡単に紹介すると、林田という刑事が、さっと言葉を足した。

「こちら高岡警視です」

「け、警視？」

既に名乗っている高岡を敢えてまた林田が紹介したのは、高岡の階級を所轄の人間に知らしめるためだろう。おそらくそれは高岡がさせたのではないかと察した本城は心の中で思わず、くだらない、と吐き捨てていた。

だが、本城以外の刑事たちは、警視という高い階級に気を呑《の》まれたらしく、しんとして彼の話に耳を傾けている。

「まず、最初の事件から状況の説明を。佐藤課長、頼みます」

「は、はいっ」

一番びびっているのは課長かよ、と呆《あき》れる本城の前で、緊張のあまり言葉を噛んでしまいながら、佐藤が事件の概要を説明し始める。

なんともいけ好かない野郎だ、と本城は本庁の警視、高岡を密かに観察し始めた。

年齢はおそらく、四十代前半。身長は百八十センチ以上あり、なかなかガタイがいい。身体にフィットしたスーツはオーダーメイドらしく、高級品に見えた。

顔立ちがまた、テレビドラマの刑事物に出てくる『警察官僚』を演じる俳優そのものと言ってもいいほど整っている。銀縁眼鏡にオールバックの髪型もまた、いかにも『出来る男』風で嫌みでしかない、と心の中で悪態をついた本城の脳裏に、先ほどの彼と柚木のやりとりが蘇《よみがえ》った。

『お前は会議室を出ろ。捜査に加わることは許さん』

『お前』――あの呼びかけは、面識があるという程度の人間にはしないだろう。本庁の捜査一課といえば百人強の人間がいるため断定はできないものの、もしや高岡と柚木はかつて上司と部下の関係にあったのでは、と気づいたとき、本城は思わず「あ」と小さく声を漏らしていた。

「なんだよ」

突然声を上げた彼を訝《いぶか》り、桜井が横から囁いてくる。

「悪い」

なんでもない、と首を横に振り、前で繰り広げられていた課長の事件概要の説明に耳を傾けるふりをしながらも、本城の目は思わず高岡へと向いていた。

もしや高岡こそが、柚木のかつてのセフレであり、それを妻に知られたために柚木を所轄へと飛ばした張本人ではないかと思い至ったのである。

「…………」

だとすればあの、必要以上に冷たい対応もわからないでもないか、と密かに溜《た》め息をつく本城の脳裏に、部屋を出ていく間際の柚木の顔が蘇った。

三人の被害者が自分のセフレだったと告白したときにも、決して俯《うつむ》くことなく、堂々と正面を向いていた柚木が、部屋を出る際には項垂れていた。

捜査を外されたことがショックだったのだろうか。それとも、高岡の出現がショックだったのか。彼にとって高岡は、一体どういう存在だというのか。

いつしかぼんやりとそんなことを考えていた本城は、ふと、自分は何を気にしているんだ、と己の思考に気づき愕然《がくぜん》とした。

柚木にとって高岡がどのような存在であろうと、自分にはまったく関係がない。なのになぜ、そんなことを気にして、重要な捜査会議の席上だというのに、あれこれと考え込んでしまっているのだろう。

いや、今は会議といっても、高岡に対し、既に自分が認識している事件の概要を説明している時間だから、単に退屈しているだけだ。だからこそ、考えなくてもいいことを考えてしまった。それだけだ、と自身に言い訳をした本城だが、自ら『言い訳』と認めていれば世話はないか、と肩を竦めた。

それより事件だ、と、目の前のホワイトボードに貼られた被害者たちに集中しようとするのだが、気づけばまた柚木のことをあれこれと考えてしまっている自分に本城は愕然とする。

本当に、どうしたことかと戸惑いながらも本城は、会議が終わったら、まず柚木と話をしようと心を決めていた。

なぜ――――?

頭の中でもう一人の自分が、そう問いかけてくる。

第三の被害者について、まだ詳細を聞いていない。それを確かめるのだ、と、その声に心の中で答えながらも本城は、自分が最初に柚木に問うのはきっと、彼を飛ばした『上司』は高岡なのかの確認だろうな、ということも察していた。

会議終了後、本城は柚木と話をするつもりだったが、敢えなくその計画は潰《つい》えた。というのも、柚木は高岡に会議室へと呼び出されてしまったし、本城もまた、桜井と共に第三の被害者、大井の周辺捜査へと向かわねばならなくなったためだった。

「しかし驚いたよな」

覆面パトカーの運転は、今回じゃんけんはナシで桜井が自ら担当した。車を走らせながらも彼は、ちらちらと本城を窺《うかが》い見、話を振ってくる。

「まさか柚木警部がゲイで、しかもひと月ごとにセフレを変えてるヤリチンだとは思わなかった。もしかして異動の理由もそのあたりにあるのかもな」

そもそも『セフレ』がいるというのが凄《すご》い、と感心した声を上げても、

「まあな」

と答えはしたが、話題に乗ってこない本城に、桜井が探るような視線を向けてくる。

「なんだよ」

「いや、もしかしてお前、警部に気があんの？」

「はあ？」

予想外の問いに、本城が素《す》っ頓狂《とんきょう》な声を上げる。

「俺が？　なんで？」

問い返した本城を見て、桜井はなぜか、酷《ひど》くほっとした顔になった。

「いや、随分思い入れがあるなあと思ったからさ」

「別に思い入れはねえけど」

本城はそう答えたあと、桜井のその言葉は、自分が高岡に突っかかったことに端を発しているのだろうと気づいた。

「本庁の野郎に毒づいたのは、奴の強引な割り込みが気に入らなかったからだ」

「本庁の『割り込み』はいつものことだけどな」

桜井はそう返してきたかと思うと、また、探るような目を本城へと向けてきた。

「なんだよ」

その目は、と逆に睨むと桜井は、

「別に」

と答えたあと、また、ちら、と本城を見やった。

「なに」

言いたいことがあるなら言えや、と本城が睨むと、桜井はフロントガラスの向こうを見ながらぼそりと、

「『柚木』」

と呟《つぶや》いた。

「は？」

何を言いたいんだ、と首を傾《かし》げた本城とは、相変わらず目線を合わせず桜井が呟く。

「呼び捨てかよ」

「……『警部』は余計だと言われたんだよ」

正直な話、本城は、桜井が何を気にしているのかまるで理解していなかった。階級が上の人間を公の場で呼び捨てにすることを責めているのか、しかしそれならそうと言うはずだがと思いながらも答えると、桜井は、

「ふうん」

と言ったきり、口をきかなくなった。

「変な奴」

悪態をつけばリアクションがくるかと思ったが、桜井の口は開かない。どうやら彼は今、相当機嫌が悪いらしいが、その理由もまったく思い当たらない、と肩を竦め、自身もフロン

トガラスの向こうを見やった本城の脳裏に、柚木の顔が浮かんだ。

三人のセフレを立て続けに殺された、彼は今、どのような心境にあるのだろう。

既に別れた相手とはいえ、ショックであるに違いない。その上、それを公にせねばならなかったばかりか、かつて自分を本庁から追い出した上司――と思《おぼ》しき高岡との再会と、ショッキングというにはあまりある出来事が次々と重なり、相当参っているのではないだろうか。

『本城、もういい』

高岡に食ってかかった自分を制した柚木の顔が、本城の脳裏に蘇る。

あのとき彼は、酷く硬い表情をしていたが、本城の目にはそれが、涙を堪《こら》えているように見えた。

今も彼は涙を堪えているのだろうか――そう考える本城の胸は締め付けられるような痛みを覚えていたのだが、なぜそうも己の胸が痛むのか、その理由を未だ本城は解明することができずにいた。

7

第三の被害者、大井の周辺の聞き込みの結果、彼には今現在、『セフレ』と言われる男女が五名、いることがわかったが、五名のセフレたちは揃って彼がそうもセフレを持つようになった理由を、

「三ヶ月前に別れた恋人のせいだ」

と告げた。

「超美人の恋人と別れた反動だって、本人言ってた。セフレじゃなくて恋人になろうって言ったのに断られたんだって」

それで自棄《やけ》になってたみたい、と、五人の中では最も頻繁に大井と会っていた男が、以前そう愚痴られたことがあった、と詳しい話を教えてくれた。

「セックスも最高だったし、何より絶世の美形だった。あんな美人とはもうやれないと思うと、セフレでもいいから付き合っておくんだったたってさ」

どんだけ美人だったんだか、と肩を竦める男に、物凄い美人だ、と本城は答えそうになったが、傍らに桜井がいたため思い留《とど》まることができた。

セフレたちは誰も部屋の鍵を渡されてはおらず、また事件当夜にもそれぞれにアリバイがあった。

大井はキャバクラの雇われ店長をしていたが、そういった店でよく取り沙汰《ざた》されるヤクザとのかかわりも特にはなかった。

大井本人にも人から『殺したい』というほどの恨みを買うような要素はなく、彼を殺す動機を持つ者は本城と桜井が聞き込んだ結果、出てこなかった。

「借金もなし、ヤクザとの繋がりもなし……か」

「五人のセフレも、金だけの繋がりといった感じだったしな」

聞き込みを終え、署に戻る道すがら、本城と桜井は大井について意見を交換し合ったが、いくら話し合っても『動機』は見えてこない。署に戻った後、聞き込みの結果を課長に報告した二人は、他二人の被害者周辺の聞き込み結果も似たようなものだったと教えられたあとに、

「今日はもう帰っていいぞ」

お疲れ、と、課長に肩を叩かれた。

「あの、柚木警部は？」

姿が見えないので本城は課長に聞いたのだが、途端に課長の顔が曇った。

「当分、自宅待機となった」

「なぜです？」

問いながらも本城は、その理由を察していた。

「高岡警視の指示だよ」

「ねえ、課長、高岡警視と柚木警部って、以前、上司と部下だったんじゃないですか？」

と、横から桜井がそう尋ねたのに、彼もまたそう感じたのか、と本城は内心驚きながらも課長の答えを聞こうと身を乗り出した。

「そのようだな。今も上司のつもりでいるらしい」

佐藤もまた、高岡には思うところがあるらしく、顔を顰《しか》めてそう告げたあと、

「しかし……」

と少々困った表情となった。

「どうしたんです？」

「いや、近々、マスコミが騒ぎ出すだろうということだった。センセーショナルな連続殺人だからな」

問いかけた本城に佐藤は、ほとほと困ったといった顔になり、そう零《こぼ》すと、

「これで被害者が、刑事のセフレだったなんて世間に知れてみろ。大騒ぎだ」

と頭を抱えた。

「上層部が揉《も》み消すでしょう」

佐藤を慰めようとしたのか、桜井がそう声をかけ、な、と本城を見る。

「そういった意味では、本庁が介入してきたのはよかったかもしれないな」

佐藤がそう漏らした言葉には、同調できないと思いながらも本城は、

「そういやなぜ、本庁が？」

と問うた。

「マスコミに知れそうだったからじゃないかと思うが、よくわからん」

理由の説明は受けていない、と憮然《ぶぜん》とする彼に本城は「そうですか」と頷いたあと、

「それじゃ、お先に失礼します」

と挨拶《あいさつ》をし、署を出ようとした。

「待てよ、誠」

慌てた様子で桜井があとを追ってくる。

「なあ、これから飲みに行かないか？」

本城に追いつくと桜井はそう言い、彼の腕に自身の腕を絡めてきた。

「事件について、話したいんだ。ユリちゃんの店、行こうぜ」

「あー、悪い、今日はパス」

桜井の手を振り解《ほど》き、本城が断りの言葉を口にしたのは、『ユリちゃん』の店には昨夜、
柚木と行ったばっかりだという負い目があるためだった。

連日顔を出せば、ユリが昨夜のことをあれこれと桜井に告げ口するかもしれない。それを恐れて本城は桜井の誘いを断ったのだが、桜井はなぜか酷くむっとした顔になると、

「ならいい」

と、そっぽを向き、そのまま足早に駆け去ってしまった。

「おい？」

予想していなかった桜井のリアクションに、本城は戸惑いの声を上げたものの、すぐに、まあ、明日には彼の機嫌も直るだろうと思い直すと、ＪＲの駅へと向かい歩き始めた。

本城の住居は代々木《よよぎ》駅近くにある古いアパートだった。付き合っていた彼女と半同棲《はんどうせい》の生活をするため、官舎を出てそのアパートに住み始めたのだが、彼女と別れた今も、立地のよさと家賃の安さゆえ住み続けている。

珍しく早めに帰宅できるため、家でゆっくりと事件のことを考えようと思っていた本城だが、ふと予感がし、足を止めた。

「…………」

この『予感』が果たして当たっているかはわからない。だが、外れたとしても、まあ、無駄足にはなるまい。

そう思い、踵《きびす》を返した本城が向かった先は、早朝に彼が柚木と共に聞き込みをしようとしていた新宿中央公園近くの簡易宿泊所だった。

柚木は今、そこにいる気がする――それが本城の胸に芽生えた『予感』だった。

かつての上司に『捜査にかかわるな』と禁止された柚木が、その言いつけを破り聞き込みをしている確率はかなり低いと、本城もわかっていた。が、なぜか、柚木がそこにいると思えて仕方がなかったのだった。

もし柚木がいなかったとしても、自分が聞き込みをすればいいだけの話だ。勤務時間外に聞き込みをしてはいけないというルールはない。

夜なら『ハッテン場』を訪れるゲイも殊更多いだろうし、と本城は考え現地へと向かったのだが、心のどこかで自分の予感が当たることを期待していた。

確率的には、外れる可能性が高い。警察という縦社会で、上役にたてつく刑事はそうそういないためだ。

だが、なぜか本城は、柚木なら元上司に何を言われてもたてつくのではないだろうか、と考えていたのだった。

彼の人となりなど、まるで知らないはずであるのに、なぜ確信と言ってもいい想いが胸に溢れてくるのか、その理由は本城自身にもよくわからなかった。

わからないながらも、その確信が当たってほしいという願望の強さを自覚していた彼は、実際に新宿中央公園に到着したあと、簡易宿泊所の前に佇《たたず》む見覚えのある細身のシルエットを見た瞬間、思わず大きく溜め息をついてしまったのだった。

「あれ」

その溜め息が聞こえたのか、振り返った柚木は変装用と思しき黒縁眼鏡をかけていた。

「おい、どうした？」

本城が思わず問いかけてしまったのは、綺麗《きれい》な柚木の顔に傷がついていたためだった。頬《ほお》を張られたのか、やや紅《あか》く腫《は》れており、唇の端も切れている。

「お前こそどうした？　一人か？」

心底不思議そうな顔をし、柚木が問いかけてくる。唇に滲《にじ》む血の跡が痛々しいと思いつつも、本城は彼の問いに答えた。

「ああ、一人だ。気になって来てみた」

「気になって？」

問い返してきた柚木が、にやり、と笑う。

「俺のことが？」

「ああ」

だがその彼も、本城が頷くと、一瞬、唖然《あぜん》とした顔になった。

「なに？」

不意に訪れた沈黙を訝り、本城は問いかけたあとに、その傷はもしや、と気づき、更に問いを重ねた。

「それ、もしかして、あの高岡とかいう野郎にやられたのか？」

「あ？」

途端に我に返った様子となった柚木は己の腫れた頬に手をやったが、すぐに、また、ニッと笑った。

「それも気になる？」

「ああ、まあ」

本城が頷いたのは、気になったから自分は問うたのだろうなと自己分析をした結果だったのだが、それを聞いてまた柚木は驚いたように目を見開いた。

「お前、俺のことが気になるって言ってるの、わかってるのか？」

そう問いかけてきた柚木に本城は、

「ああ」

実際そのとおりだったので頷いたのだが、そのリアクションを受け、柚木はますます唖然とした顔になった。

「お前、俺のことが好きなの？」

「え？」

問われた言葉があまりに唐突だったため、本城が目を見開き問い返す。

「違うか」

と、柚木は安堵《あんど》したように笑うと、

「なんだよ？」

と首を傾げる本城の肩を、ぽんぽんと叩いた。

「悪い。てっきりお前が俺に惚《ほ》れたのかと思った」

「なぜ？」

そう思うのだ、と、驚いて問いかける本城に、

「自信過剰だったってだけ」

と柚木は笑うと、その答えの意味をはかりかね、尚も首を傾げる本城に新たな問いを発した。

「大井の周辺から何か出たか？」

「いや、出ない。セフレは何人かいたが、全員アリバイがあった。殺意を抱《いだ》いているような人物は浮かび上がらなかった」

「そうか」

柚木は頷いたあと、ぽつりと言葉を漏らす。

「やはり、動機に絡んでくるのは俺なのか……」

「心当たりがあるのか？」

間髪を容れず問いかけた本城の前で、柚木が首を横に振る。

「あったら今日の捜査会議で言ったよ」

「そうだよな」

セフレだったということを打ち明けたくらいだ。そうするだろう、と頷いた本城の前で、また柚木が啞然とした顔になる。

「なんだよ」

じっと見つめられ、戸惑いから本城が問い返すと、

「いや……」

柚木は一瞬言いよどんだあと、しみじみとした口調で本城に問いかけてきた。

「もしかしてお前さ、俺の言うこと、百パーセント信じてる？」

「信じちゃいけないのか？」

嘘を交ぜていたのか、と驚きの声を上げた本城に、

「いや、信じていいんだが」

と、慌てたように柚木は答えたあと、ぷっと吹き出した。

「だってさ、普通、信じないだろう？　俺、淫売《いんばい》だぜ？」

「淫売は嘘つきなのか？」

本城としてみれば、素でそう思ったがゆえ、問いかけたのだが、それを聞いて柚木は、またも啞然としたあと、げらげらと笑い始めた。

「いや、俺は事件絡みでは嘘はつかない。事件が絡んでなくてもつかないが」

「ならいいじゃないか」

自分は最初からそう思っていた。なのに何を確認してきたのか、と問いかける本城に柚木がいきなり抱きついてくる。

「おいっ」

慌てて彼の肩を摑《つか》み、身体《からだ》を遠ざける本城を見上げ、柚木は、

「俺が惚れそうになった」

と笑うと、

「はあ?」

と素っ頓狂な声を上げた本城に「冗談だよ」と言い捨て、淡々と話し始めた。

「今のところ、田原も根津も、それから大井についても、目撃情報は得られていない。ハッテン場には顔を出していなかったのかもしれないな」

「……大井は新しいパートナーたちを店関係で調達していた。あとの二人に関しては、付き合っていた男や女がいたという情報は今のところ得られていない」

本城の言葉に、柚木は「そうか」と呟いたあと、彼を見上げ、肩を竦めた。

「ここで張り込んでいても、空振りになりそうだな」

「ああ」

その可能性は高い、と頷いた本城に、柚木が笑いかける。

「帰るか」

「……そうだな」

有益な情報を得られる確率は限りなくゼロに近いが、ゼロではない。もう少し粘ってみるのもありといえばありだが、徒労に終わる可能性は高かった。それゆえ頷いた本城に、柚木が腕を絡めてくる。

「なんだよ」

その腕を振り解こうとした本城を柚木が真っ直ぐに見上げる。

「お前の家に行きたい」

「はあ？」

いきなり何を、と問い返した本城の腕に、柚木がぎゅっとしがみつく。

「話をしたい。ゆっくり」

「……狭いし汚いし食うもんもないが」

それでも来るか、と本城が問うと柚木は、

「それなら、ラーメンでも食ってから行こうぜ」

と、尚も強い力で、本城の腕にしがみついてきたのだった。

公園に出ていた屋台のラーメン屋でラーメンを食べたあと、本城は柚木に請われるがままに、アパートへと彼を連れていった。

「汚ねー」

ドアを開けた途端、柚木が爆笑し、その場に崩れ落ちる。

「だから汚いって言ったじゃねえか」

本城は笑い転げる柚木を部屋に引き入れると、

「その辺、座ってろ」

と言い置き、自分は彼と己のためにビールを用意しようとキッチンへと向かった。

「その辺って、座る場所ないし」

げらげら笑いながらも柚木はリビングへと向かい、ソファの上から洗濯物をどかしてそこに腰掛けた。

「それ、ちゃんと洗ってあるから」

安心しろ、と言いながら、本城がスーパードライの缶二つを手に、リビングへと戻る。

「不潔じゃなくて、乱雑……そう言いたいんだな」

クスクス笑いながら柚木はそう言うと、手を伸ばし本城が差し出した缶ビールを受け取った。

「俺もこれが一番好きだ」

「そいつはよかった」

笑ってプルトップを上げる本城の前で、柚木もプルトップを上げると、

「乾杯」

と缶ビールを差し出してくる。

「乾杯」

唱和し本城も柚木の座るソファの正面、センターテーブルを挟んだ床に腰を下ろすと、ビールを掲げ、ごくごくと飲み始めた。

「美味《うま》いなあ」

同じくごくごくと飲んでいた柚木が缶から口を離し、本城に笑いかける。

「美味いよな」

相槌を打つ本城を柚木はじっと見つめていたが、やがて、ふっと笑うと、

「これが気になってんだろ？」

と、己の腫れた頬を指さした。

「……誰にやられた？」

多分、高岡だろうな、と予測し問いかけた本城だったが、柚木本人の口から、

「高岡」

とその名を聞いた時には、なぜかカッと頭に血が上った。

「なぜお前を殴る？」

それゆえ、問いかける声がやたらと熱くなってしまったのだが、そんな本城の前で柚木は肩を竦めると、

「多分もう、わかってると思うけどさ」

と苦笑し、言葉を続けた。

「あいつが俺を飛ばした上司なんだよ。なのに会議室で迫ってきやがったから、拒否したらこのザマ。淫売のくせに生意気だって、殴られた」

「やっぱり……っ」

その瞬間、なぜだかはわからないが突発的な怒りにとらわれた本城は思わず立ち上がってしまったのだが、

「たいしたことじゃないよ。それに俺、淫売だし」

と柚木が笑って缶ビールを再びぶつけてきたのに、燃え盛った怒りの行き場を失い、再び腰を下ろした。

暫《しば》しの沈黙が室内に流れる。

「……どうせセフレなんだから、高岡とはもっと早くに別れておくべきだったのかもしれな

い……」

ぽつり、と柚木が呟いた声が、しんとした部屋に響く。

「上司だってこともあって、打算が働いた。ふると考課が下がるのかな、みたいな……でも、ズルズル付き合った結果が左遷だからね、早いとこ、別れておくべきだったなとは思うよ」

「なあ」

ここで本城が思わず言葉を挟んでしまったのは、目の前の柚木が酷く痛々しく見えてしまったためだった。

「ん？」

儚《はかな》げに微笑む彼の頬に、思わず本城の手が伸びる。

「好きじゃなかったのか？」

そう問いかけた本城に、柚木は目を見開いたが、やがてふっと笑い、こくりと首を縦に振った。

「好きにならないようにしてた」

「どうして？」

その答えの意味が素でわからず問い返した本城に、柚木がまた苦笑する。

「前に言わなかったか？　セフレって関係がいいんだよ。恋愛が絡むと面倒くさくなる。寝たいときにだけ寝られる、そんな関係をキープしたいんだ」

「どうして」

またも同じ問いが本城の口から漏れたのは、柚木の気持ちがまったく理解できなかったためだった。

「『どうして』？」

柚木には本城の問いの意味がまったく理解できないらしく、不思議そうに問い返してくる。

「好きでもない相手とセックスするのが楽しいか？」

本城が最も理解できない点はそこにあった。普通、セックスというのは好きな相手とするものではないのか、という彼の疑問を前に、柚木は暫し唖然としていたが、やがてくすくすと笑い始めた。

「なんだ？」

なにがおかしいのか、まったくわからない、と問い返した本城に、

「悪い」

と詫びながらも柚木はクスクス笑い続けている。

「なんだよ？」

馬鹿にされている気がし、幾分憮然として問いかけた本城に、

「怒らないでくれよ」

と柚木は謝ったあとに、ビールの缶をセンターテーブルへと下ろし、改めてまじまじと本

城の顔を見つめてきた。

「なんだよ」

穴の空くほど見つめられ、居心地の悪さから問い返した本城に対し、柚木が身を乗り出し問いかけてきた。

「お前ってさ、いい恋愛してきたんだな」

「なんだ、そりゃ」

馬鹿にしてるのか、と眉《まゆ》を顰《ひそ》めた本城に、

「違うよ」

と柚木は笑うと、さも楽しいことを語るかのように、話し始めた。

「俺はあまりいい恋愛してないからさ。なんといっても最初に恋した相手に、手酷い仕打ち、受けちゃったもんで、それでもう、好きとか嫌いとか、そういったドロドロした感情とセックスを切り離して考えるようになったんだよね」

「……手酷い仕打ち？」

その単語が気になり、問い返した本城に、

「ちょっとオーバーだったかな」

と苦笑し、再び話し始めた柚木の話は、『オーバー』などではなく、本当に酷い話だった。

「自分がゲイだってことに気づいたのは、高校のときの担任とそういう仲になったあとだったんだけどさ、その担任、俺との関係が噂《うわさ》になったら、速攻俺を切り捨てたんだよ。クラスメイトに強姦させるって酷い方法でさ」

「……え……？」

突然出てきた『強姦』という単語に驚き、つい声を上げた本城に対し、柚木は、

「そう」

と、にっこり笑うと既に空いてしまったらしい缶ビールを再び手に取り、弄《もてあそ》びながら話を続けた。

「クラスメイトに俺を強姦させて、その場にわざと現れたんだよ。その場では親切に介抱してくれたんだけどさ、他人に汚された俺を抱く気にはなれないってふられた。俺も強姦されたって負い目があったから別れを受け入れたんだけど、卒業後に偶然、そのクラスメイトと再会してさ。それで知ったんだ。全部先生が仕組んだことだって。そいつ、進学するには単位がヤバかったのを、俺を強姦したら単位やるって先生に言われたんだってさ。それ聞いて、びっくりして先生に会いに行ったんだけど、会ってもくれなかった。それが答えなんだな、と察したよ。その頃には先生、校長の娘と結婚してたしね」

ここまで話すと柚木は、ショッキングな内容に相槌を打つことも忘れていた本城に、ニッと笑いかけてきた。

「俺なりに推理を組み立てた。担任は俺との関係を世間に知られるのが怖かったんだろうな

って。だから俺を強姦させ、それを理由に俺と別れたんだろうって。そうでもしなきゃ、俺が納得しないと踏んだんだろうなって。噂になってるから会うのをやめようって言われたとしても、そのときの俺は『いやだ』と答えたと思うし、別れたいなんて言われようものなら、死んでやるって騒いだかもしれない。そんな俺を切り捨てるには、他人に強姦させるしかなかったのかなあと納得できたから、何も言えなかった。敢えて先生に言葉をかけるとすれば、鋭いね、くらいかな」

ふふ、と柚木が笑いながら、ぐしゃ、と手の中のビールの缶を潰《つぶ》す。

「最初がそんなだったからさ、もう、好きだの嫌いだのはいいかな、と思うようになった。感情が伴わないセックスのほうが、ずっと気持ちいいし、ずっと楽じゃん？　好きとか思わなきゃ、裏切られることもないし、思われなきゃ、裏切ることもない。セックスしたいときにできる相手がいればいい……そういう相手を探すんだけど、やっぱり、ひと月も付き合ううちには、好きだの愛してるだのと、そうした感情を持ち込んでくるんだ。だから別れる。田原も根津も、それから大井も、向こうが『好きだ』と言った瞬間、別れた。早いほうが傷は浅いと思ったんだけど、まさか殺されるとは思わなかった」

ここで柚木は、呆然としたまま彼の話を聞いていた本城の前で、泣き笑いのような表情を浮かべてみせた。

「……彼らが死んだの、俺のせいなのかな？」

「……っ」

震えるその声を聞いた瞬間、本城の身体が動いていた。立ち上がり、センターテーブルを跨《また》いでソファに辿《たど》り着くと、柚木の隣に座り彼の身体を力一杯抱きしめる。

「……おい……？」

本城の胸で、柚木が戸惑いの声を上げる。細いその声を聞いた本城は、胸に溢れる思いをそのまま彼に語っていた。

「お前のせいじゃない。お前は何も悪くない」

「………」

本城の腕の中で、柚木がびく、と身体を震わせる。が、彼の口からは微かな声も漏れることはなかった。

そんな彼の代わりに、と思ったわけではないが、本城は己の胸に浮かぶ言葉を、浮かぶままに吐き捨てていた。

「その先公を殴り飛ばしてやりたいよ。なんでお前は『仕方ない』ですませるんだよ？　仕方なくなんてねえだろ？　お前はそいつを好きだった。だから裏切られて傷ついた。それで恋ができなくなった。酷《ひで》えじゃねえか。そんな酷えこと、受け入れてんじゃねえよ」

「………」

本城の言葉を、今度は柚木が啞然とした顔で聞いていた。

「お前はそこで怒るべきだったんだよ。詰《なじ》るべきだったんだよ。なんで受け入れちまったんだよ？　好きだったからか？　その先公が、そこまで好きだったのかよ？」

問いかける本城に対し、柚木は言葉を失っていたが、やがて、

「……わからない」

と微笑み、首を横に振ってみせた。

「畜生……ぶっ殺してやる」

それが答えか——否定をしない、すなわち、イエスということか、と悟った本城の口から、思わずその言葉が漏れる。

「……もう十年以上、昔のことだぜ？　しかも当事者の俺が許してるんだ。ぶっ殺す必要はないだろう」

苦笑しながらも、柚木の声が涙に震えていることは、彼をしっかりと抱き締めている本城にはよくわかっていた。

「何年経《た》とうが、関係ねえ。いつかシメてやる……そいつを……」

本城が柚木の耳元にそう己の思いを訴えかける。

「……だから十年以上前のことを、今更……」

「何年前だろうが、関係ない」

きっぱりと言い切る本城の胸の中で柚木は、

「……馬鹿は始末に負えないな……」

と呟いたが、それ以上の言葉は告げず、ただ、本城の背をぎゅっと抱き締め返してきた。

華奢《きゃしゃ》な彼の両腕を背に感じる本城の胸に、言葉にできない感情が一気に込み上げてくる。

「……セックスってのはさ、想い想われる相手とするのが、最高だと思うぜ」

込み上げる感情そのものを耳元で囁いた本城の胸に顔を埋《うず》めたまま、柚木がぽつりと呟く。

「……そうかもしれないな」

「だから、そうなんだよ」

再び柚木の耳元できっぱりと言い切り、己の背を抱き締め返してくる彼の背を、それ以上の力で抱き締める本城の胸には、柚木が流したに違いない涙の滴がはっきりと刻み込まれていた。

8

その夜、柚木は本城のアパートに泊まった。が、彼はソファで寝て、本城は自身のベッドで寝たため、翌朝本城は目覚めて初めて、柚木の姿が消えていることに気づいたのだった。

『家に戻る。Thanks』

リビングのセンターテーブルに、柚木はメモを残していた。

昨夜彼をここで抱き締めたのだ――メモから視線をソファへと落とした本城の腕に、柚木の華奢な身体の感覚が蘇る。

初めて恋心を抱いた相手に、酷い仕打ちを受けた話を聞いた瞬間、彼を抱き締めずにはいられない気持ちに本城は陥っていた。

別れたいからという理由で、他人に強姦をさせる――それがトラウマとなり、柚木は『恋』をするのをやめ、セフレの間を渡り歩くようになったという。

以前、なぜセフレを持つのかと問うたとき、柚木はこう答えていた。

『セフレは楽だよ。人間関係ってなんか、面倒くさいじゃない。抱かれたいときに抱かれるし、抱きたいときに抱く。独り寝が寂しいときにだけ呼び出して、セックスして、それで寝る。楽なんだけど、楽と感じるのはどうやら俺だけらしくて、どのセフレともひと月もたない』

楽だ、楽だと言っていたが、実際、セフレと別れたあとすぐに次の相手を探していた彼は、日々寂しさを抱えていたのかもしれない。

それは決して独り寝が寂しいという意味ではなく、心通じ合える人間と抱き合えない寂しさ、むなしさだったのではないか、と本城は溜め息をつき、昨日はソファの上に乱雑に積まれていた洗濯物が、綺麗にたたまれ置かれている様を見やった。

片付けられているのは洗濯物だけではなかった。室内が全体的に整然としている。ダイニングテーブルの上には簡単な朝食も用意されていて——簡単になったのは、本城の家の冷蔵庫にはろくなものが入っていないためだったが——メモを手に本城はダイニングテーブルへと向かうと、はらり、とそれを朝食の皿の横に置き、自身も椅子《いす》に腰を下ろした。

『Thanks』

一言、英語で書かれた『礼』は、何に対するものなのかと考える。

昨日、己の胸で嗚咽《おえつ》に肩を震わせていた柚木の背を、その震えを止めてやりたくてしっかりと抱き締めた。

柚木も本城の背を抱き締め返してきたが、涙が収まると照れくさそうに笑い、シャワーを借りたい、と告げた。

あれは『誘い』だったのかもしれない、と本城は前夜のことを振り返る。

だが、シャワーを浴びてきたあと、本城が貸したスウェットを身につけてきた彼の口からは、

『セックスしよう』

という言葉は発せられなかった。

本城もシャワーを浴び、それから二人はソファに座って最初はビール、次にウイスキーを飲みながら、あれこれといろいろな話をした。

柚木が本城に、新宿中央署の刑事課のメンバーの話を聞きたがり、一人一人について本城が説明をするのに好き勝手に突っ込みを入れてきた。

「杉山《すぎやま》ちゃん、絶対ポンちゃんのこと、好きだよな」

「それはない。柚木に気があるのはミエミエだ」

「ゲイだとわかったらもう、相手にしないだろう」

「そりゃそうか」

軽口の応酬が続き、よく笑い、よく喋る柚木に対し、本城は彼の表情が曇らないことを心のどこかで安堵していた。

「佐藤課長は日和見《ひよりみ》？」

「その傾向は強いけど、悪人じゃない」

「悪人で警察官はできないだろう」

「突っ込むなよ」

「突っ込まれるようなこと言う、ポンちゃんが悪い」

あはは、と柚木が笑い、酒を呷《あお》る。

「酒、強いな」

「ザル。ポンちゃんも強いよな」

「いい加減、ポンちゃん呼びは勘弁してくれ」

「今更」

そんなことを言い合いながら、だらだらと飲み続け、外が明るくなってきたのでそれぞれ眠ることになったのだが、柚木は自分から、

「俺はここでいい」

とソファを指さしたのだった。

「毛布、持ってくる」

「サンキュー」

本城がそう言うと柚木は笑って彼を見上げてきたが、その瞳の中にはどこか寂しげな色があった。

『一緒に寝ようか』

その言葉は本城の喉元《のどもと》まで上ったが、結局口から発せられることはなかった。ベッドに入ってから本城は、柚木もまた誘いを待っていたのではないか、と思えてきた。今からでも起き出し、ソファで寝ている柚木に声をかけてやったほうがいいのではないか。暫《しばら》くの間、本城はベッドの中で迷っていたが、結局、行動に移しはしなかった。

理由はよくわからない。ただ一つ、言えるのは、『自分がゲイではないから』という理由ではないということだった。

抱こうと思えばすぐにでも抱けた。柚木と出会うまで男を抱いた経験はなかったが、柚木を抱いたときには、嫌悪感を覚えはせず、逆に今まで得たこともない性的快感に溺《おぼ》れた。

もしも柚木が求めるのなら、抱くことは容易にできたはずなのに、なぜか昨夜はそれを躊躇《ためら》った。

昨夜ほど柚木にとって、『独り寝が寂しい夜』はなかったかもしれないのに——ぼんやりとそんなことを考えながら本城は柚木の残した『Thanks』の文字をじっと眺めていたが、のんびりしてはいられない、と我に返ると立ち上がり、シャワーを浴びに浴室へと向かった。

支度をすましてから柚木が用意してくれた朝食をかっ込み、外に出る。今日、本城は柚木と行動を共にしようと考えていた。

昨夜、柚木と事件について話し合った際、もしも一連の殺人事件が自分のセフレを狙ったものであるのだとしたら、次に狙われるのは四人目のセフレとなる、という結論に達したからである。

本城自身、三人の被害者が柚木のセフレであるのは偶然か必然かと考えたとき、半々だなという見解を持っていた。一方柚木は、

「希望的観測を含めて、偶然」

という見解だったが、その理由は、今まで付き合ってきたセフレは数限りなくいたが、別れ方は我ながらスマートで、一度も揉めたことがないから、というものだった。

「恨まれるような別れ方はしてない」

それを証拠に、トラブルは一度もない、と柚木は胸を張ったあと、

「まあ、威張れたことじゃないけど」

と苦笑したのだが、ひと月程度の付き合いでは『恨み』に発展するのも確かに難しいか、と本城にも思えた。

柚木のセフレになりたくてもなれない人間――要は柚木にふられた男が、腹いせに殺している、という可能性はないか、と本城が柚木に問うと、柚木はあっさり、

「ない」

と首を横に振った。

「基本的に俺、コナかけられたらふらないし」

そもそも、向こうから声をかけられることは滅多にないのだ、と柚木は言い、本城は彼の

どちらの発言に対しても唖然としてしまったのだった。

「ふらないのか？」

「ああ」

「声、かからないのか？」

柚木ほど綺麗な男は滅多にいない。声などかかりまくりだろうと思ったがゆえの問いかけだったのだが、そんな本城に柚木はにやりと笑い、

「高嶺《たかね》の花に見えるらしい」

自分で言うことじゃないけどな、と肩を竦めたのだった。

それゆえ三人の被害者が自分のセフレだったことを柚木は『偶然』と見ていた。だが、『必然』の可能性もゼロではないため、四人目の犠牲者となり得る男に、明日話を聞きに行くと言ったのに、本城が、

「俺も一緒に行く」

と手を上げたのである。

「マズいだろ」

柚木は自宅待機を命じられているのに、その命令を無視して動こうとしている。それに同行すれば、本城もまた処罰の対象になる、と、柚木は拒絶したが、結局本城が押し切った。

四人目は大手総合商社勤務の二十五歳のサラリーマンで、名は山本《やまもと》という。彼とは先月別

れたそうで、その際もあっさりしたものだったと柚木は笑った。

名刺をもらっているので、明日、会社に会いに行こうと思うと言う彼に、本城は同行の意思を伝え、二人は九時に大手町《おおてまち》で待ち合わせをしていた。

九時より十分ほど早く到着するべく家を出た本城は地下鉄に揺られながら、柚木はまた、五分ほど遅れるかもな、と時計を見やり、一人苦笑した。

散らかった本城の部屋を片付けるというマメな部分があるかと思えば、五分の遅刻を『誤差』と言い切る。

加えてあの美貌だ。アンバランスで面白いよな、という思いが本城の頬に笑みを浮かべさせる。

セフレたちにも彼は、ああした面を見せていたのだろうか。だとすれば皆が恋人になりたいと願う気持ちもわかる。そう微笑んだ本城は、待てよ、とふと我に返った。

柚木と『恋人になりたい』と願う気持ちがわかる、ということはすなわち——。

まさか、と本城が慌ててその思考を打ち消したあたりで、地下鉄は大手町駅に滑り込み、本城は慌てて車両を降りた。

「……っ」

構内を待ち合わせた改札に向かって歩いているとき、ポケットに入れた携帯電話が着信に震えた。画面を見ると『非通知』で、はっとして応対に出る。

「はい、本城」

『誠、今どこだ?』

電話をかけてきたのは桜井だった。声に苛立《いらだ》ちが含まれている。

「外だ」

本来なら本城もまた、署に出ている時間だった。まさか桜井は自分が出署しないと見越して電話をかけてきたのか、と首を傾げた本城だったが、そんな彼の耳に、携帯電話の向こうから桜井の苛ついた声が刺さった。

『第四の犠牲者が出た。今、どこにいる?　すぐ新宿中央病院に向かうからそこで合流しよう』

「犠牲者?　誰だ?」

思わず問い返した本城は、帰ってきた答えに愕然としたあまりその場で固まってしまったのだった。

「山本一臣《かずおみ》。M商事勤務の若いサラリーマンだ」

「なんだって!?」

大声を出した本城に、逆に桜井が驚いた声を上げる。

『どうした。誠?　知り合いか?』

「いや、なんでもない」

その声に我に返った本城は、慌てて否定すると、

「わかった、すぐ向かう」

と告げ、桜井がまだ何かを話し続けていたが通話を切った。

そのまま改札に向けてダッシュしつつ、携帯電話で柚木の番号を呼び出しかけ始める。

『遅いよ』

と、目の前まで迫った改札の向こうに、柚木は既に立っており、本城の姿に気づき電話に出ながら手を振って寄越した。目の前で笑っている柚木の声が、直《じか》と電話越し、両方から響いてくる。

「どうした?」

本城の顔色が悪かったからだろう、柚木が眉を顰め、改札越しに問いかけてくる。

「………………」

もしもこれを告げたら彼の顔から確実に笑みは消えるだろう。そう思うと本城は一瞬、言葉に詰まったが、すぐに、そんな場合じゃないと思い直し、口を開いた。

「第四の被害者が出た。山本一臣だそうだ」

「……っ」

その瞬間、柚木の目が見開かれたかと思うと、彼の美しい顔から、一気に血の気が引いていった。

「おいっ」

がく、と膝《ひざ》を折り、改札の外で崩れ落ちた柚木の身体を、改札越しに腕を摑んで支えようとする。

「すまない、大丈夫だ」

柚木は青い顔のまま頷くと、『大丈夫』ということを示そうとしてか、微笑んでみせた。が、頬がピクピクと痙攣《けいれん》するばかりで、それは『笑い』にはならなかった。

「現場は？」

柚木が体勢を立て直し、改札を通って内側へと入ってくる。

「わからない。今、病院だそうだ」

気が急《せ》いたあまり、詳細を聞かなかったことを悔いつつ本城が答えると、

「病院？」

柚木は更に目を見開いたあと、ぽつりとこう呟いた。

「……ということは、生きてる？」

「…………そういうことだよな」

今の今までそのことに気づかなかった、と自分に呆れつつも本城は頷いたのだが、

「病院は？」

と柚木が勢い込んで問うてきたのには、う、と言葉に詰まった。

「お前に迷惑はかけないから」

だが、柚木がそう言い、目の前で頭を下げた姿を見て、彼の中で迷いは消えた。

「行こう」

柚木の肩を抱き、ホームへと引き返し始める。

「いや、一緒はマズいだろう」

柚木が慌てて本城の手を振り解こうとする。

「病院だけ教えてくれよ。誰から聞いたかは言わずにあとから駆けつけるから」

そう言い、足を止めようとする柚木の肩を尚も抱き、本城が足を速める。

「お前も懲戒になるぞ」

離せって、と睨む柚木を本城は逆に睨み返した。

「なるならなりやがれ。俺たちはコンビなんだろ？」

「…………」

本城の言葉を聞き、柚木が綺麗な目を見開いて彼を見返す。またも足が止まりそうになるのを「ほら」と急かす本城に、柚木もまた足を速め、笑いかけてきた。

「いやがっていたくせに。コンビって認めるんだ？」

揶揄《やゆ》するような口調ではあったが、柚木の目が潤んでいることに本城は既に気づいていた。

「『今回』限定でな」

だがあくまで気づかぬふりをしつつ、彼の肩をぽんと叩き、身体を離そうとする。

「そう言わずに、これからも末永く頼むよ」

柚木が笑いながら本城の腕に自分の腕を絡める。

「男同士で腕組むとか、あり得ないだろ」

邪険にその手を振り払う本城に、

「いいじゃないか」

と尚も柚木が絡む。彼の頬に浮かぶ笑みが少しも作ったものではないことに、どうしてこうも安堵してしまうのだろうと本城はそんな自分に疑問を覚えながらも、

「離れろって」

と尚も邪険に柚木の手を振り払ったのだった。


新宿中央病院に到着した二人を、エントランスで待ち受けていたのは桜井だった。

「……やっぱりな」

どうやら桜井は、本城が柚木と一緒に来ることを見越していたらしい。やれやれ、というように溜め息をつくと、不意に本城の腕を摑み、「ちょっと」と柚木から離れたところで話

そうとした。

が、本城は桜井の手を、

「話はあとだ」

と振り解くと、

「病室は？」

と問い、すぐにも向かおうとした。

「集中治療室だ。今はまだ意識がない」

桜井がぶすっとして答え、じろりと本城を睨む。

「状況は？」

かまわず本城が問いかけると、桜井はいやいやであることを隠そうとはしなかったものの、それでも説明はしてくれた。

「現場は被害者のマンション。世田谷《せたがや》だ。今まで同様、滅多刺しにされたんだが、途中で同じフロアにいた配達中の宅配業者が異変に気づいて部屋に踏み込んだものだから、とどめを刺さずに犯人は逃走した。今、非常線が張られている」

「犯行時刻は？」

「今から一時間ほど前だ」

「犯人は？」

「宅配業者は顔を見てない。が、マンションの防犯カメラに今回、姿が映っている。長身の男だ」

「男か」

まあ、残虐な手口から女ではないとは思っていたが、と唸《うな》った本城の横から、柚木が問いを発した。

「一時間前といえば朝の八時だ。なぜこんな時間に犯行を？」

「………」

不意に問われ、桜井は一瞬口を閉ざしたものの、本城が睨むと、渋々口を開いた。

「わかりません……が、被害者のマンションはオートロックが完備されていて、セキュリティチェックが二度あるため、深夜の侵入が難しかったからではないかと思われます。今回犯人は宅配業者を名乗り、オートロックを被害者本人に解除させたようです」

「……ああ、そうだったな。キーも簡単にコピーできないタイプだった」

桜井の報告を聞き、柚木が呟く。

「え？」

何を言っているのか、と眉を顰め、問い返した桜井を真っ直ぐに見上げ、柚木が口を開いた。

「今回の被害者も俺のセフレだ。今からひと月ほど前まで、付き合ってた」

「なんですって⁉」

仰天した声を上げた桜井に柚木は、

「その旨、すぐに報告してくれ」

と告げると、そのまま踵を返し、病院から駆け出そうとした。

「おい、待て！　どこに行く⁉」

慌てて本城が柚木のあとを追う。

「誠！」

桜井もまた、本城のあとを追おうとしたが、振り返った柚木に、

「本部に連絡！」

と怒鳴られ、慌てた様子で携帯電話を取り出した。

「どこに行くんだ？」

本城が柚木と並んで駆けながら問いかける。

「五人目の被害者になりそうな奴のところだ」

病院のエントランスを駆け抜け、タクシー乗り場へと向かいながら柚木が答える。

「五人目……」

本城もまた彼と共にタクシーに乗り込んだのだが、そのときには既に柚木の行き先に思い当たっていた。

「山本のあとに付き合った男のところだ。二週間で別れたが、次に狙われるとしたら彼だと思う」

「どこの誰だ？」

問いかけた本城の耳元に柚木が口を寄せ、囁く。

「杉並《すぎなみ》の歯科医だ。新高円寺《しんこうえんじ》駅近くに自宅兼クリニックがある。名前は杉本安次《すぎもとやすじ》。クリニックの名称は『杉本クリニック』」

「わかった」

本城は頷くと、すぐに携帯電話を取り出し、署へとかけ始めた。

『本城！　お前、何を考えている‼』

番号から彼とわかったらしく、応対に出た佐藤課長は最初から怒声を張り上げていた。

「五人目の被害者となり得る人物の許《もと》に向かってます。至急、合流お願いします。場所は新高円寺駅近くの歯科医院。杉本クリニックです」

『なんだと⁉』

佐藤はまた大声を張り上げたが、彼の声音からは怒りが消えていた。

『新高円寺駅近くの杉本クリニックだな。わかった』

復唱する佐藤に本城は、

「頼みます」

と告げ、通話を切る。その様子を窺っていた柚木が、はあ、と深く息を吐き出した。

「……一体、誰なんだ……」

溜め息と共にぼそりと呟いた柚木の声は酷く震えていた。ふと見やった先、膝に置かれた彼の指先も酷く震えていることに気づいた本城は、その震えを止めてやろうと、ぎゅっと彼の手を握り締めた。

「………」

柚木は驚いたように目を見開き、本城を見たあと、大丈夫だ、と笑って彼の手から己の手を引き抜こうとした。が、本城はなぜか離してはならない気がして、尚も強い力で柚木の手を握った。

「……お手々繋いで？」

ふふ、と笑い、本城の手ごと手を振り上げた柚木の目が潤んでいるのがわかる。

「キモいな」

そう言い返しながらも本城は柚木の手を握り続け、彼がふざけた調子で勢いよく手を振り回すがままに任せていた。

タクシーを歯科医院前で降りると柚木は、クリニックの入り口ではなく建物の裏手へと回り、どうやら住宅部分への玄関と思しきドアの横にあるインターホンを押そうとした。

が、次の瞬間には、

「いけない！」

と叫んだかと思うと、ドアノブを摑み、施錠されていなかったドアを勢いよく開くといきなり中へと駆け込んでいった。

「おいっ！」

何がなんだかわからないながらもあとを追った本城を振り返りもせず、柚木が叫ぶ。

「微かだが血痕《けっこん》のついた靴跡がドア前にあった！　犯人は下手したら中にいる！」

「なんだって⁉」

まさか、と大声を上げた本城だが、施錠されていなかったことを思うとその可能性が大きい、と狭い階段を駆け上る柚木のあとに続いた。

と、そのとき頭上で、ドタンバタンと人が争っているような大きな音が響き、柚木の『下手したら』が当たったことに本城は気づく。

柚木もまた気づいたらしく、一段とスピードを上げると、階段を上りきったところにあったドアを勢いよく開いた。

「警察だ！」

そう叫び、部屋に駆け込んだ彼に続いて本城も駆け込む。

「あっ」

思わず声を上げたのは、今、まさに黒い覆面をした長身の男が、白衣の歯科医と思しき男を組み敷き、ナイフを振り上げていたためだった。

「よせっ」

なんの躊躇いもなく柚木がナイフを持った男に駆け寄っていく。

「危ない‼」

黒覆面の男がかざしたナイフの切っ先を柚木に向けたとわかった瞬間、本城は卓越した運動能力を生かし、物凄いスピードで柚木の前へと駆け出していた。

「おいっ」

柚木が驚きの声を上げるのを背に、斬りかかる男のナイフを握る右手首を摑む。

「放せっ」

覆面の下でくぐもった声を上げ、男が暴れる。それでも本城は摑んだ手首を放さず、男がぽろりとナイフを取り落とすまできつく締め上げた。

「……くぅ……っ」

苦痛に耐えかね、男がようやくナイフを落としたとき、本城は傍らで立ち尽くす柚木の様子がおかしいことにやっと気づいた。

「おい？」

自分一人に逮捕を任せ、呆然とその場に立ち尽くしている。いくら腕力に自信がないといってもそれはないだろう、と本城が非難の声を上げたのに、柚木はようやく我に返った顔になると、

「すまない！」

と駆け寄ってきた。

「手錠をっ」

「あ、ああ」

本城の指示に、柚木は頷き、手錠を取り出したのだが、本城が腕を押さえ込んでいる黒覆面の男の手首にそれをかけようとする柚木の手はぶるぶると震えていた。

「どうした？」

本城の問いかけに、また、柚木ははっとした顔になったあと、がちゃり、と手錠をかける。

「容右《ようすけ》……」

と、傍らで恐怖に震えていた白衣の男が、ようやく身体を起こすと柚木に縋《すが》り付いた。

「……無事か？」

柚木が彼の顔を覗き込み、問いかけた瞬間、手錠をかけられた男が暴れ始める。

「おいっ」

本城ははっとし、黒覆面の男を取り押さえると、その顔を見てやろうと勢いよくその覆面を取り去った。

「あっ」

その下から現れた顔を見た本城の口から、思わず驚きの声が漏れる。

「……っ」

柚木は声で覆面の男が誰であるのかわかっていたらしく、露わにされたその顔から、すっと目を逸らし俯いた。

「そいつ……誰だ？」

歯科医がそんな柚木の顔を覗き込む。

「…………高岡警視…………」

本城の口からその名が漏れた瞬間、歯科医の問いには無言でいた柚木の華奢な肩がびくっと震え、彼の視線が本城に手錠をかけられた犯人に——かつての上司、警視庁捜査一課の高岡警視へと向けられた。

そんな柚木を、燃えるような目で睨み付ける高岡の姿を、遠く響いてくるパトカーのサイレン音を聞きながら、本城はただ呆然と見つめることしかできずにいた。

9

間もなく到着したパトカーで、一連の殺人事件の犯人と思われる高岡警視は新宿中央署へと護送された。

取り調べには、パトカーに同乗した本城と、病院から駆けつけた桜井が当たることとなったが、犯行現場を目《ま》の当たりにして尚、本城は警視庁捜査一課の警視が犯人であったという事実を、なかなか受け容れられずにいた。

「……全部、あいつが悪いんだ……」

だが、高岡は、本城の『信じがたい』という心情とは裏腹に、あっさり犯行を認めただけではなく、問うより先にべらべらと詳細を話し始め、逆に本城を我に返らせたのだった。

「あいつって誰です？」

「そんなの、柚木に決まっているだろう」

高岡は吐き捨てるようにそう言うと、自分がどれだけ柚木に入れ込んでいたかを、口角から泡を飛ばす勢いで話し始めた。

「最初に誘いをかけてきたのは柚木だ。俺はそれに乗ってしまった。全部あいつが悪い。俺の人生、あいつに潰されたようなものだ」

「あなたの人生はともかく、犯行について、教えてくれませんかね」

何が『あいつのせい』だ、と心の中で悪態をつきながらも、本城が高岡に問いかける。高岡は本城に一瞬、挑むような視線を向けたものの、すぐに淡々と、第一の犯行から状況をつぶさに告白していった。

「田原の呼び出しには、柚木の名を使った。柚木がやり直したいと言っていると言うと、ほいほい呼び出した店にやってきた。そこで殺した。奴の部屋の鍵は、以前、柚木が持っていたのをコピーして保管しておいた。いつか殺そうと思っていたからな」

「大井のアパートの鍵も?」

「勿論」

当然ではないか、というように高岡は頷くと、どこか自慢げにも聞こえる口調で、

「他の奴らの鍵もコピーを作った」

と胸を張ったあと、一瞬にして悔しげな顔になり、

「商社マンの山本だけは、キーをコピーできなかったんだ」

と口を尖《とが》らせた。

「最新のセキュリティだかなんだか知らないが、キーのコピーを作るのには本人だという認証がいるというんだ。それで、宅配便の業者を装った」

「……犯行の動機は？」

問いかけた本城の前で、高岡は一瞬、言葉を探す素振りをした。

「嫉妬《しっと》ですか？」

だが本城がそう問いを重ねると、

「嫉妬のわけがない」

と吐き捨て、憎々しげな表情のまま言葉を続けた。

「柚木のせいだと言っただろ？　あの淫売、俺と別れたあと、次々男を変えやがった。しかもそれが、どいつもこいつも、中途半端な野郎ばっかりだ。当てつけにしても酷すぎる。それが許せなかったんだよ」

まったく、馬鹿にしやがって、と憤った声を上げる高岡は、自分がいかに常軌を逸したことを告げているか、まるでわかっていない様子だった。

「柚木に、目を覚ませと言ってやりたかった。自棄《やけ》になるなと言ってやりたかったんだ。お前が好きなのは俺だろう？　あんな、クズみたいな野郎どもに身体を許すなんて、あり得ない。それを思い知らせてやりたかったんだよ」

「……だが、元はといえばあんたから、別れを切り出したんだろう？」

聞いているのが耐えがたくなり、本城が思わずそう口を挟む。背後では桜井が、なぜそんなことを知っているんだというように振り返ったのがわかったが、高岡は疑問を覚えなかっ

たようだった。

「ああ、そうだ。妻に知られたんだ。調査会社を雇って調べられてしまった。だから別れた。離婚は出世の妨げになるからな」

さも当然のように答える高岡を殴りたくなる衝動を必死で堪え、本城は取り調べを再開した。

「半年前、自分から別れを切り出しただけじゃなく、今回所轄に左遷までしたのに、柚木警部が他の男と付き合うのが許せなかった——そういうことですか」

「……別れよう、と言ったら、柚木はあっさり、『わかった』と言った。全然、つらそうじゃなかった」

本城の問いに、高岡がそれまでの自信に満ちた口調とは打って変わった力ない声で、ぽつりと答える。

「別れたくない、そう言われると覚悟してた。泣いて縋られると思った。だがあいつは、にこにこ笑って別れを受け容れたんだ……俺は、あいつが無理をしてるんだとばかり思ってた。虚勢を張って、平気なふりをしてるんだとばかり思ってたんだよ。だから傍《そば》に置いていたというのにあいつは、俺と別れたあと、次々男と付き合っては捨てていった。しかもつまらない男たちばかりだ。それに耐えられなくなって左遷してやったんだ。あんなつまらない男たちと自分が同列に扱われたかと思うと、許せなかった」

「柚木警部が異動してすぐ、犯行を始めたのはなぜですか？」

本城の問いに高岡が「だからっ」と高い声を上げる。

「あいつが男を変えるたびに、どんな奴か調べ上げた。職務中のあいつのロッカーから合い鍵を盗んでコピーを作っておいたのが役に立ったよ。順番に殺して、あの淫売に思い知らせてやりたかった。あんな下司な連中と俺を一緒にするなと」

吐き捨てるようにそう告げると、高岡はますます不快そうな顔になり、言葉を続けた。

「それにあいつ、離れ離れになるというのに、顔色一つ変えなかったんだ。また新しい場所で男を探すのかと思うと、我慢できなくなったんだよっ」

「……もう関係ないだろう……別れたんだから」

思わずその言葉が、本城の口から漏れる。それを聞き、高岡が激高した声を上げた。

「ああ、関係ないさ！　それでも許せなかった！　あの淫売が‼」

高岡はそう叫んだかと思うと、椅子を蹴って立ち上がった。

「落ち着けよ」

両肩を押さえつけ、桜井が直した椅子に再び座らせようとする本城を、高岡が口汚く罵《ののし》り続ける。

「あの淫売、しかも、被害者が自分のセフレだと捜査会議で発表しやがった！　普通できるか？　できないよな？　通常の神経をしていたら、一ヶ月ごとに男を取り替える淫売だなんて、職場の同僚には知らせないはずだ。なのにあの野郎、しれっと言いやがって。尚更、許せなくなったんだよ！　だから残りの二人も殺して、あいつに思い知らせてやろうと……っ」

このあたりが、本城の限界だった。

「あのなあっ」

喚《わめ》き散らす高岡の襟元《えりもと》を掴み、締め上げる。

「おい！　誠！」

桜井が慌てた声を上げ駆け寄ってきたが、一度火がついた本城の怒りは収まらなかった。

「何が『しれっと』だよ！　誰だって普通、セフレがいただのゲイだのと、平気な顔して告白できるわけねえだろっ」

「……っ」

突然キレた本城に締め上げられ、高岡は何が起こっているのか把握していないらしく、唖然としている。

「おいっ！　よせって！」

桜井に引き剝《は》がされても尚、本城の怒りは収まらなかった。

「あいつがなんで、次々セフレを変えるか、聞いたことあんのか？　ないだろ？　あいつが抱えている苦しみも知らないくせに、何が思い知らせてやるだ！　ふざけるなよなっ」

「落ち着けっ！　誠！」

高岡の襟元を掴もうとする本城を、桜井が押さえつける。一方高岡は、パイプ椅子にぺたんと座ったまま、己を怒鳴りつける本城を呆然と見上げていた。

「お前が本当に柚木のことを好きなら、出世のことなんか考えるより前にあいつを優先したはずだ！　自分で切り捨てておいて、何が許せないだ！　そんなに好きだったんなら、別れなきゃよかったんだ！　ずっと繋ぎ留めておいてやりゃ、よかったんだよ！　それを、あっさり別れておいて、今更何を言ってるんだっ」

「わかった、わかったから、落ち着けよ」

桜井が必死で、本城の興奮を収めようとする。と、肩で息をする彼の目の前で、ぼそりと高岡が呟いた。

「……出世は……大事だろう……」

「ああ、お前にとっては大事だったんだろうよ！」

本城が叫び、桜井が「もういいだろう」とそんな彼を制しようとする。

「………納得してくれたんだよ……」

高岡はぼそりとそう呟いたあと、じっと本城を見上げてきた。

「………柚木は、苦しんでいたのか……？」

「……苦しまないわけないだろう」

自分のかかわった人間が次々殺されたのだ。当然ではないか、と答えた本城の前で、どこか呆然とした顔のまま、高岡が問いを重ねてくる。

「……お前は知ってるのか……？　柚木が次々男を変える理由を……」

「……それ聞いて、どうするんだよ」

問いには答えずそう告げた本城を、高岡はじっと見上げていたが、やがてくすくすと笑い始めた。

「何がおかしい」

くすくす笑いが哄笑《こうしょう》となり、取調室内に響き渡る中、本城が高岡を怒鳴りつけると、ぴた、と彼の笑いが止《や》んだ。

「…………多分……今まで殺した男たちも、柚木が男を漁《あさ》る理由を知らなかったと思う」

ぽつり、と高岡はそう言うと、薄笑いを浮かべたまま本城を見上げた。

「なのにお前は知ってるんだな」

「…………」

ああ、と頷きかけた本城から、高岡はすっと目を逸らせると、ひと言、

「…………俺も単なる『セフレ』だったんだな」

そう呟き、大きく息を吐いたあと、

「大変、申し訳ないことをした」

深く項垂れ、本城の、そして桜井の前で、心から後悔していると感じられる謝罪の言葉を

口にしたのだった。


「しかし、驚いたよな」

その夜、本城は桜井に誘われ『ユリちゃん』の店で犯人逮捕の祝杯を挙げることとなった。現職警察官の逮捕ということで、いつものように刑事課皆でその場で乾杯、という雰囲気にはならなかったためである。

取り調べを終えて刑事課に戻ると、そこに柚木の姿はなかった。自宅待機の命令に背いたために、あと二週間、自宅謹慎となったと佐藤課長が本城に教えてくれた。

柚木の機転があったからこそ、五人目の被害者を出さずにすんだのに、と本城は課長に食ってかかったが、謹慎は課長の命令ではなく、警視庁の上層部よりの指示ということで、処罰というよりマスコミ対策の意味合いが強いという話だった。

「さすがに、警察内、しかも上司と部下、その上男同士の痴情のもつれの連続殺人……なんてこと、公表できないだろうから、それらしい理由がつくんだろうが、しかし、それにしても驚いた」

先ほどから桜井は何度も『驚いた』という言葉を口にし、溜め息ばかりついている。確かに驚くべき事件ではあったが、しつこいぞ、と本城は相槌を打つのも面倒になりグラスを呷った。

「この高いバーボン、誠が入れたんだって？　どうした風の吹き流しだ？」

本城が次第に無口になっていくことに気づいたらしい桜井が、わざとらしく絡んでくる。

「……別に」

実際、滅多にお目にかかれないようなランクのバーボンのボトルを入れたのは柚木だった。本城は別に秘密にするつもりはなかったのだが、ユリが気を遣ったのか、はたまた柚木の名を出すのも不快だったのか、店に入った途端桜井がボトルに気づき問うたのに、「ポンちゃんが入れた」と嘘を答えたのである。

「ここは『吹き流しじゃなくて吹き回し』と突っ込むところだろ？」

言われるまでそのボケに気づかなかった、と本城は手にしたグラスからようやく桜井に視線を向けた。

「くだらなすぎて突っ込めなかったんだよ」

「嘘つけ。心ここにあらずのくせに」

本城の視線の先で、桜井がやれやれ、というように肩を竦める。

「何を気にしてる？　柚木警部のことか？」

ずばりとそう切り込まれ、図星を指された本城は一瞬答えに詰まったものの、すぐに、

「いや」

と首を横に振った。

「嘘だね」

「嘘じゃねえよ」

「嘘だよ。何年付き合ってると思ってる」

まったく、と桜井が溜め息をついたあと、じっと本城の目を覗き込んでくる。

「なんだよ」

「……もしかしてさ、惚れた？」

「はあ？」

本城はまたも桜井が、馬鹿なボケをかましてきたのかと思い、今度はどう突っ込めばいいのだ、と彼を見返した。桜井もまた、じっと本城を見返している。

「柚木警部に惚れたのか？」

再び桜井の口から、先ほどと同じ問いが発せられたが、彼の声も、そして眼差しも、この上なく真剣だった。

「惚れちゃいねえよ」

ごくごく当たり前の回答として、本城は首を横に振った。

自分はゲイではない。男に惚れるなど、あり得ないだろう、という思いからだったのだが、そのとき彼の脳裏に、柚木の顔が浮かんだ。

『感情が伴わないセックスのほうが、ずっと気持ちいいし、ずっと楽じゃん？　好きとか思わなきゃ、裏切られることもないし、思われなきゃ、裏切ることもない。セックスしたいときにできる相手がいればいい』

淡々とそう語っていたが、彼がそう思うようになったきっかけは、初恋の相手の手酷い裏切りだった。

裏切られることを恐れ、恋をしなくなった彼。相手が自分に恋愛感情を持った途端に別れを切り出すというのは、相手を好きになることが怖かったという理由からだろう。

面倒くさい、楽だ、という言葉の裏で、面倒でも、楽でなくても、心を繋げたい相手を切望していたのではないかと思う。

別れよう、そう切り出し、あっさり別れる相手ではなく、何がなんでも別れない、と、一歩を彼に踏み込んでくる相手を——ぼんやりとそんなことを考えていた本城の耳に、

「ポンちゃん、なんか食べる？」

という、ユリの声が響いてきた。

『ポンちゃん』

ユリが呼ぶのを聞き、柚木は嫌がらせのようにその呼び名で彼を呼んだ。

『よせ』

『いいじゃん』

けらけら笑いながらしつこく呼びかけてきた。あの笑顔には翳《かげ》りは見えなかったと思う、とまた本城は柚木のことを思いやる。

『淫売なのにさ』

『セフレだよ』

自分を貶《おとし》める台詞《せりふ》を口にするときの柚木の顔には、さもなんでもないことを語るかのような余裕の笑みが浮かんでいたが、その笑顔はどこか翳りがあった。

彼が心底望んでいたものは、独り寝が寂しいときに身体を慰めてくれる『セフレ』ではない。独り寝をさせない『恋人』だった。

だが自分には得られない。あの翳りは彼の諦《あきら》めの影だったのだろう、と彼の美貌を思い出す本城の口から我知らぬうちに溜め息が漏れる。

「やっぱり、惚れたんじゃないの？」

横から桜井に問われ、本城は、

「しつこいな」

と笑って首を横に振ったが、彼の頭の中からは、柚木の顔が消えることはなかった。

「お前がゲイだろうがなんだろうが、俺は差別する気はないけどさ」

桜井がグラスを傾けながら、ぽつりと呟く。

「あの柚木警部だけは、やめておいたほうがいいと思うぜ。お前の手に負える相手じゃない」

「だから惚れてねえって」

本当にしつこいよな、と笑って桜井を小突く本城の耳に、もう一人の自分の声がする。

惚れてないのか？　本当に——？

「本当かよ」

訝しげな桜井の声がその声に重なって響いてきたのに、本城は、

「本当だよ」

と笑って頷いたが、耳の中ではもう一人の己の声が未だ響き続けていた。

惚れてないのか——？

「…………」

ない——多分な、とその声に心の中で答える本城の頭に、柚木の憂いを含んだ笑顔が蘇る。

今頃彼は何を考えているのだろう。一人、家にいるのだろうか。それともまた命令を無視し、ハッテン場に繰り出しているか。

さすがに二度の謹慎破りはしないだろうか、と、己の思考がどうしても柚木へと向かってしまうことに本城は戸惑いながらも、心のどこかではそれを自分が容認していることにも気づいていた。

その後、話題がさっぱり弾まないのと、また、珍しく店に客が数組現れたため、今日はお

開きにしようということになり、本城と桜井はスツールを下りた。

いつものようにきっちり割り勘にしたあと、店を出たところで別れようとしたのだが、桜井は何か言いたげな顔で本城をじっと見つめてきた。

「なに？」

「もう一軒、行かないか？」

飲み足りない、と言う桜井は、言葉とは裏腹に酷く酔っているように見えた。高価なバーボンに目が眩《くら》み、飲みすぎたのだろうと本城は苦笑すると、

「飲み足りないようには見えねえぜ」

と彼の肩を叩いた。

「送ろうか？」

ちょうどやってきたタクシーを彼のために停めてやり、桜井を後部座席へ押し込む。

「いや、大丈夫」

桜井はまだ何か言いたそうな顔をしたが、本城が、

「それじゃな」

と身体を起こし、運転手が閉めた自動ドアの窓越しに手を振ると、彼もまた笑顔で手を振り返した。

さて、俺も帰るか、と、空車のタクシーを求め、歩き始めた本城だったが、大通りまで出

たところで彼の足は止まっていた。

暫しその場に佇んだあと、家とは違う方向へと——新宿御苑へと向かい、歩き始める。

なぜ、自分の足がそちらへと向かうのか、本城自身にもわかるようでわからなかった。自分自身の気持ちであるのに『わからない』というのはおかしいと、本城も思う。

今、彼の頭の中にあるのは、柚木は今頃、何をしているのかというその思いのみだった。それを確かめるまで帰れない、なぜかそんな気がしていた。一体彼が何をしているところを『確かめる』のかと、ままならない己の思考に戸惑う本城の手は、いつの間にかスーツの胸のあたりを摑んでいた。

己の手を見下ろした本城は、その手が摑んでいるのは昨夜、彼の涙を感じた場所だ、と気づき、ああ、そういうことか、と納得した。

俺は彼が、一人で泣いているのではないかと、それを気にしているのだ——そう気づいた途端、本城の歩調は自分でも驚くほどに速くなり、またも彼を戸惑わせた。

柚木が泣いているのだとしたら、また胸を貸してやりたい。駆けるようにして彼の高級マンションに向かっている自分の想いを、今こそ本城は正しく把握していた。

実際、柚木が泣いているかはわからない。泣くどころか、お笑い番組を見て笑い転げているかもしれないし、もしかしたらもう寝ているかもしれない。

下手したら、今、付き合っているセフレを家に引き込み、お楽しみ中かもしれない。なのになぜ、俺はこうも汗だくになりながら、走っているのだろう、と本城は自嘲《じちょう》したが、それでも彼の足は止まらず、一度訪れたことのある柚木のマンションを目指し、夜の新宿の街を駆け続けたのだった。

インターホンを押す段になって本城は、自分が酷く馬鹿げた思いにとらわれているのではという可能性を改めて思った。

部屋番号を押す手が止まり、その場に立ち尽くす。

いきなり訪れるのはマナー違反だ。電話を入れてみるか、とポケットから携帯電話を取り出すも、やはりかけることを躊躇っていた本城の背後で自動ドアが開き、どうやらマンションの住人らしい綺麗な女性が入ってきた。

「あ、どうぞ」

オートロックの操作プレートの場所を空けると、女性は、

「どうも」

と微笑みながらも、その場に佇む本城に訝しげな視線を向ける。怪しい者ではない、ということを示さざるを得なくなったことが、結果的には本城の背を押した。

ちらちらと振り返る彼女の視線を感じながら、柚木の部屋の番号をプッシュする。

『……………』

かちゃ、とインターホンが外れる音がした直後、スピーカーからガサリと音が響いた。

「……あー、本城だ」

自分の姿を映している監視カメラをちらと見やり、本城が名乗る。

『…………なんで?』

スピーカーから微かに聞こえる柚木の声は、小さすぎて彼が何を言っているのか、本城にはよく聞き取れなかった。

「今、いいか?」

やはり寝ていたのだろうか。それとももしや、他に人がいるのか、と案じ問いかけた向こうで、スピーカーから、

『ああ』

という小さな柚木の声がしたと同時に、オートロックが解除されドアが開いた。

「…………」

これは、入っていいということだよな、と本城は一人頷き、自動ドアを入るとエレベーターホールへと向かった。

もう一ヶ所あるオートロックは、部屋番号を押すと同時に解除され、スピーカーからはひ

と言の声も聞こえなかった。

冷たいといってもいい反応に、もしや迷惑だったのか、と今更のことを思ったが、それなら顔だけ見て帰ろうと本城は肩を竦め、エレベーターに乗り込んだ。

最上階に到着し一番奥の柚木の部屋を目指す。今頃酔いが回ってきたのか、一瞬目眩《めまい》を覚えた本城の頭に、以前このマンションを訪れたときのことが蘇った。

コーヒーテキーラをしこたま飲まされ、ふらふらになりながらも、酔い潰れた——演技をしていた柚木を送ってきたのだった。

演技をしていたのも、コーヒーテキーラを散々飲ませたのも、無理やりベッドインするためだったというのは驚きだった。

まんまと策略に乗せられ、ついでに柚木にも『乗っかって』しまったわけだが、とあの夜のことを振り返った本城の胸に、ふと、柚木はああして男たちをベッドに誘ってきたのかなという思いが浮かんだ。

なんとなく面白くない——ちらと過《よぎ》る不快感は、自分が騙《だま》されベッドインさせられたことに関してではない。

まあ、セフレが切れたことのない彼だ。男出入りが激しいことはわかっているのに、今更何をむかついているんだか、と自身に呆れつつ、到着した彼の部屋のインターホンを押す。

かちゃ、と扉がすぐに開いたのは、柚木が玄関で待っていたためと思われた。

「いらっしゃい」

スーツの上着を脱ぎ、ネクタイを外したシャツ姿の彼は、酷く酔っているように見えた。左手にはロックと思われるウイスキーのグラスもある。

「よお」

声をかけ、中へと入ると、柚木は不思議そうに本城に問いかけてきた。

「何しに来たんだ？」

「あ、いや……」

なんとなくお前が一人で泣いている気がした。泣くのなら胸を貸してやろうと思った――動機はそれだが、さすがに本人に向かっては言えないな、と本城は言葉を濁すと、

「上がっていいか？」

と柚木に問うた。

「勿論」

どうぞ、と柚木が微笑み、先に立って歩き始める。

「お邪魔します」

一応声をかけ、靴を脱いで彼のあとに続きながら、本城はその背に、

「一人か？」

と問いかけた。途端に前を歩いていた柚木が笑い出し、本城を振り返る。

「なに？　男を咥《くわ》えこんでるかとでも思ったか？」

「違うよ。一人で飲んでたのかと聞いたんだよ」

げらげら笑っていた柚木だが、本城がそう答えると、不意に彼の笑いは止まった。

「あのさ、お前、なんで……」

一歩近づき、問いかけてきた柚木だが、それ以上は言葉が続かずただじっと本城を見上げる。

「どうした？」

『なんで』の先が気になり問いかけると、柚木ははっと我に返った顔になり、

「なんでもない」

と笑って踵を返した。

「飲むか？」

柚木はリビングで飲んでいたらしく、センターテーブルにはウイスキーのボトルと氷、それに皿に盛ったチーズなどが置かれていた。

「座っててくれ。腹、減ってないか？」

キッチンに向かいながら、柚木が問いかけてくる。

「ああ、減ってない」

「ロックでいいよな？」

確認をとる柚木に「ああ」と答え、ソファに座った本城は、床に散らばる写真つきの報告書らしきものに気づき手に取った。

「………」

写真には柚木と、そして逮捕された高岡が映っていた。このマンションのエントランスで撮られたものらしく、二人仲睦《なかむつ》まじく腕を組んでいる写真と、その下にはキスを交わしている写真が貼ってある。

「ああ、それ？　高岡の奥さんが送ってきた報告書。言い逃れができないショットだよね」

いつの間にか戻ってきていた柚木が、本城の手の中の書類を覗き込み、笑いながらそう告げた。

「高岡は『酔っていて覚えてない』『無理矢理迫られた』と言い逃れしたみたいだけど」

まあ、事実に近いけど、と肩を竦め、隣に腰を下ろして自分のために酒を作り始めた柚木に、本城は気になり問いかけた。

「なんでこれを？」

報告書を見ながら飲んでいたのだろうが、その理由は、と問うた彼の横で柚木が、

「別に」

と首を横に振る。

「ちょっと思い出した。それだけ」

はい、と氷とウイスキーがどちらもなみなみと入ったグラスを柚木は本城に差し出し受け取らせると、自分もグラスを手に取り、にっこり笑ってぶつけてきた。

「犯人逮捕に、乾杯」

「……乾杯」

唱和し、グラスを合わせたが、柚木が勢いよくぶつけてきたので、本城の手の中で酒が零れた。

「冷たっ」

「ああ、悪い」

スラックスにかなりの量が零れ、思わず声を上げた本城に、柚木は笑いながら謝るとソファを立ち、部屋を出ていった。

すぐにタオルを手に戻ってきた彼は、本城が既に飲んでいるのを見て、くすくす笑い始めた。

「なんだよ」

「いや、おおらかな性格だなと思ってさ」

濡《ぬ》れたスラックスを気にすることなく飲み続けていた本城に、柚木がタオルを投げつける。

「危ねえな」

「運動神経いいから大丈夫だろ」

今日の柚木は、酔っているせいか普段以上にテンションが高いようだった。

「そうだ、拭《ふ》いてやる」

タオルを膝に置いたまま、拭《ぬぐ》おうとしない本城の横にどさりと腰を下ろし、しなだれかかりながらタオルで本城の太腿《ふともも》を拭う。

「ほんとにいい身体、してるよな」

そう言い、タオル越しではなく柚木は本城の太腿に触れながら、近く顔を寄せてきた。

「……なあ、セックスしない？」

言いながら柚木の手が本城の脚の付け根に滑り、スラックスの上から雄をぎゅっと握る。

「……っ」

びく、と本城の身体が震えたのを察した柚木がニッと笑い、尚も本城の雄を握ろうとした、その手を本城が上から握り締めた。

「いいぜ。お前がしたいなら」

「え」

誘ってきたにもかかわらず、柚木は本城が同意するとは思っていなかったようだった。

「なんだ、『ふざけるな』と言われるかと思ったよ」

はは、と笑い、本城の雄を離すと、彼の手を振り払う。

「性格がおおらかなのもいいけどさ、なんでもかんでも受け容れるのはどうかと思うぜ？」

柚木が己のグラスにどばどばとウイスキーを注ぎ、それを手に取る。

「なんでウチに来たかは知らないけどさ、俺、そうして人の人生潰してきた淫売だよ？」

そしてグラスを一気に呷ると、本城がテーブルに置いた報告書を指さし、あはは、と笑った。

「高岡もさ、俺なんかとかかわらなきゃ、人殺しなんてしないですんだんだよ。殺されたみんなもそうだ。俺がコナさえかけなきゃさ、死なずにすんだんだよ」

笑いながら柚木は本城にしなだれかかり、ふざけた調子で言葉を続ける。

「お前もさ、かかわらないほうがいい。まあどうせ、俺もすぐ警察辞めるし、かかわりもなくなるけどさ」

「待てよ、辞めるのか？　なぜ？」

絡みたいのなら絡めばいい。そう思いじっと柚木の話を聞いていた本城だが、その言葉は聞き捨てならない、と声を挟み、柚木の顔を覗き込んだ。

「どうせ辞めろって言われるよ。上層部からさ」

何せ事件の原因、作ってるし、と、さも当たり前のように告げる柚木の両肩を本城が摑む。

「辞める必要はないだろう。今回の事件に、お前はなんの責任もない」

「刑事がゲイでビッチで、しかもそれが原因で連続殺人だぜ？　辞めさせられないわけ、ないじゃないか」

何を言っているんだか、と笑う柚木の肩を、本城は激しく揺さぶった。

「辞める必要はない。事件はお前のせいじゃない。お前が責任を感じる必要は少しもない」

「酔っ払うからよせよ」

頭がくらくらする、と柚木は尚もふざけ、本城の腕から逃れたが、それでも本城は彼の肩を再びがっしりと摑み、顔を覗き込んだ。

「辞めるなよ？　お前は悪くない。責任なんて取る必要ないんだ」

「わかった、わかったよ。しつこいな」

もう離してくれ、と柚木は本城から目を背け、俯いたまま彼の腕を逃れた。暫しの沈黙が二人の間に流れる。

「……お前さ……」

沈黙を破ったのは柚木だった。下を向いたまま、ぽつりと、ほとんど聞こえないような声で呟く彼の声を、本城はしっかりと拾い上げ、何を言いたいのだ、と問いかけた。

「なんだ？」

「……なんで今夜、来たの？」

顔を上げずに柚木が問う。なんと答えるか、本城は迷ったあと、正直なところを告げた。

「お前が一人で、苦しんでるんじゃないかと思ったからだ」

「…………」

本城の答えを聞き、柚木の華奢な背が、びく、と震えたのがわかった。

本当は、泣いているのではないかと思ったのだが、さすがにそうは言えなかった、と思いながら、本城は、微かに震え始めた柚木の肩に手を伸ばし、彼の身体を抱き寄せた。

「……なあ」

涙にくぐもった声が、柚木が顔を伏せた胸から響いてくる。

「ん？」

問いかけ、顔を覗き込もうとすると、柚木は尚も顔を伏せ、ぽつりとこう呟いた。

「……抱いてくれよ」

「わかった」

頷いた本城に迷いはなかった。柚木に必要なものがセックスであるのなら、それを与えてやりたいと、今、彼は心の底から思っていた。

「抱いていってくれ。寝室に」

胸から顔を上げず、柚木が囁くような声で告げる。

要望どおり本城は立ち上がり、柚木をその場で抱き上げたのだが、柚木は相変わらず顔を伏せたまま、本城を見ようとはしなかった。

リビングを突っ切り、廊下を進んで寝室のドアを開く。部屋のカーテンが開いていたため、明かりをつけずとも室内の様子は薄ぼんやりと見えていた。

本城はベッドへと真っ直ぐに歩み寄り、柚木の身体をそっと下ろすと、彼にのしかかろうとしたのだが、柚木の手が伸びてきて本城の胸を押し上げた。

「なに？」

拒絶か、と問いかけた本城に、薄闇の中、柚木が笑って首を横に振る。

「服、脱ごう」

「あ、ああ」

頷くと柚木はまた、にこ、と笑ったあと、身体を起こし、自らぱっぱと服を脱ぎ始めた。

それを見て本城も服を脱ぎ、全裸になって振り返ると、既に全裸になっていた柚木は早くもベッドに横たわり本城に向かって両手を広げてみせた。

「いい身体、してるね」

よく見たいな、と柚木が手を伸ばし、ベッドサイドの明かりをつける。

「よせよ」

照れた本城が明かりを消そうとすると、

「いいじゃん」

と柚木は笑いながら彼にしがみついてきた。

「ん……」

唇を塞《ふさ》がれ、微かな違和感を覚えつつも本城は彼との口づけに没頭していく。

違和感は多分、これが初めてのキスだからか、と本城が気づいたとき、彼の身体の下で柚木は早くも両脚を開くと、その脚を本城の腰へと絡め下肢をすり寄せてきた。

「……おい……」

勃ちかけた雄を押し当てられ、随分と性急だな、と本城が驚いて唇を離す。

「挿れてくれよ」

柚木はそんな彼に向かい、くす、と笑うと、更に腰を突き出し、そんな『おねだり』を口にした。

「え？　もうか？」

「『もう』？」

戸惑い、問い返した本城に、今度は柚木が戸惑ったように問い返してくる。

「一応、あんだろ？　挿れる前に、その、愛撫《あいぶ》したり、とか」

どういう手順を踏むかは人それぞれだろうが、さすがに裸になりました、すぐ挿入しました、というのは味気なさすぎないか、と、己の考えを本城が語ると、

「別にいいよ」

と柚木は苦笑し、首を横に振った。

「そこまでしてもらうの、悪いし」

「悪い？」

なぜ、と問い返した本城に、苦笑したまま柚木が答えを口にする。

「ここまで付き合ってくれただけで充分だ。あとはお前が気持ちよくなりゃいい」

「……いやだ、ということじゃないんだな？」

要は遠慮か、と本城は頷くと、

「え？」

と問い返そうとした柚木の胸に顔を埋めた。

「おい……っ」

つんと勃ち上がっていた乳首の片方を口に含み、もう片方を掌《てのひら》で擦《こす》り上げる。

「やめ……っ」

拒絶の言葉を口にはしていたが、柚木の身体はしっかりと反応していた。本城が男を抱いた経験は、この間の柚木に乗っかられたのが最初であったが、女性経験は人並みにある。男女差はあるとはいえ、やることはそう変わりないだろう。そう思い本城は柚木の胸を攻め始めたのだが、柚木は本城が今まで抱いたどの女よりも反応がよかった。

「あっ……あぁっ……あっ……」

舌先で乳首を転がし、ときに軽く歯を立ててやる。もう片方は親指と人差し指で摘《つま》み上げ、きゅっと抓り上げてみる。

身悶《みもだ》え、口から高い声を放つ柚木の様子から、痛いほどの刺激が好みかと察してからは、それまで様子を見ながらおそるおそる試していた本城の動きも俄然《がぜん》活発になっていった。

口に含んだ乳首を、ちゅうと吸い上げ、先ほどより強く歯を立てる。指先で摘んだ乳首を強く抓ったあと、今度はそれに爪《つめ》を立て、肌に塗り込むようにぐりぐりと爪を動かす。

「あっ……やっ……あぁっ……」

強い刺激を与えるたびに、柚木の背は大きく仰《の》け反《ぞ》り、髪を振り乱しながら喘ぐ声は更に高くなった。

白くなめらかな彼の肌は今や薄紅色に上気し、うっすらと汗が滲んでいる。ベッドサイドの明かりを受け、美しい肌がなまめかしく揺れる、そのさまを、だが、本城は見る余裕がなかった。

柚木の喘ぎを、快楽のままに身悶えるその仕草を耳にし、目にしているうちに、彼自身がすっかり昂《たか》まり、どうにも我慢ができなくなってきてしまったのである。

既に本城の雄は勃ち上がり、先走りの液まで滲み始めていた。ふと目を下ろすと、柚木の雄も勃ちきり、今にも爆発しそうに震えている。

自然と本城の手は柚木の雄へと伸び、それをゆっくりと扱《しご》き上げていた。

「駄目だ……っ」

途端に柚木が本城の手を押さえ、いやいやをするように首を横に振る。

「なぜ……」

そうも不機嫌な声を出すつもりはなかったのに、と思いつつ問いかけた本城は、返ってきた答えに、ああ、とすぐ納得した。

「触られると出る……それより……っ」

そう言い、両脚を大きく開いた彼を見下ろし、わかった、と本城は頷いたのだが、身体を起こしその脚を抱え上げてから、そういえばすぐに挿入しても大丈夫なのか、と思い当たった。

痛みを覚えはしないだろうか、と本城は、既に腰を突き出し、挿入を行為でねだっていた柚木に問いかけた。

「すぐ挿れてもいいもんなのか？　濡れないだろ？」

「あ……ああ」

それを聞き、柚木は一瞬目を見開いたが、すぐにげらげら笑い始めた。

「濡れない。さすがに」

「なら……」

どうしたらいいんだ、と問う本城に、柚木が笑いながら説明する。

「指、濡らして、解《ほぐ》してくれ。まあ、そのまま挿れても大丈夫っちゃあ大丈夫なんだけど」

「わかった」

やはりすぐの挿入は痛みを覚えるのだろう、と本城は察し、柚木の片脚を離すと、自身の指を唾液《だえき》で濡らし、双丘《そうきゅう》を摑んで露わにした後孔に、ずぶ、とそれを挿し入れた。

「ん……っ」

「うわ」

眉を顰め、微かに喘ぐ柚木の声にかぶせ、本城が戸惑いの声を上げてしまったのは、柚木の後ろが激しく蠢《うごめ》き、本城の指を締め上げてきたためだった。

なんという熱さ、なんという淫靡《いんび》さ、と、一瞬呆然としてしまった本城だが、響いてきた柚木の、

「早く……っ」

という切羽詰まった声に、はっと我に返った。

「あ、ああ」

手早く指を動かし、中を解したあとに再び彼の両脚を抱え上げる。そうしてひくひくと入り口が蠢いていることがわかるそこへと雄の先端を押し当てると、ゆっくりと腰を進めていった。

「……んん……っ」

ずぶ、と先端が呑み込まれた瞬間、亀頭に感じるあまりの熱さと、そして強い締め上げに、本城は早くも達しそうになり、いけない、と気を引き締めた。

そのままゆっくりと自身を柚木の中に埋めていく。

「……あぁ……」

すべてを埋め込み、二人の下肢がぴたりと重なったとき、柚木の口から満足げな吐息が漏れ、彼の顔には見惚れるほどの美しい笑みが浮かんだ。

「……動くぞ」

その笑顔を見た瞬間本城は射精を堪えることに耐えきれなくなった。そう声をかけると柚木が頷くのを待たず、彼の両脚を抱え直してから勢いよく腰の律動を開始した。

「あっ……あぁっ……あっあっあっあぁっ」

力強い本城の突き上げを受け、やかましいほどの大きな声が柚木の口から放たれる。彼の華奢な身体はシーツの上で撓《たわ》み、あまりに激しく首を横に振るせいで、さらさらとした彼の髪はあたかもメデューサの蛇がごとく、それ自体が意思のあるものであるかのようなさまざまな動きをその綺麗な顔の周りで見せ続けた。

「あぁっ……いい……っ……いいよ……っ……凄く……っ」

自らも腰をぶつけることで接合を深めながら、柚木が本城に笑いかける。

「もっと……っ……あぁっ……もっと……っ……もっと……っ……お前を……くれ……っ」

深く、強く、お前を感じたい、そんな柚木の言葉による訴えが、本城の欲情をこれでもかというほど、煽《あお》り立てていた。

「最高……っ……………ああ……っ……あーっ」

下肢がぶつかり合うときの、パンパンという空気を含んだ高い音が更に高く、激しくなる。マグマのような熱さを覚える柚木の奥底を抉《えぐ》るたび、過ぎるほどの快感を覚え、自身の動きをセーブすることができなくなった。

それゆえ、更に延々と突き上げを続けてしまっていたのだが、ふと、柚木が既に苦しそうにしていることに気づき、はっと我に返る。

「悪い……っ」

「悪くない……っ」

慌てて動きを止めようとした本城に、柚木は笑って首を横に振ると、続けろ、と目で促しつつ、自身の雄を両手で摑んだ。

「あ、ああ」

再び突き上げを始めた本城を見上げながら、柚木が自分で自分の雄を扱き上げる。

「アーッ」

彼の口から一段と高い声が放たれた。いったのだ、とわかった瞬間、柚木の後ろが激しく収縮して本城の雄を締め上げ、その刺激に耐えられず本城もまた達し、白濁した液を柚木の中にこれでもかというほど注いでいた。

「あぁ……」

満ち足りた顔をした柚木が、自身の雄を離し、両手を広げて微笑みかけてくる。

その手に摑まる先を与えてやろうと本城は柚木にゆっくりと覆い被《かぶ》さっていくと、未だに息を乱している彼の唇に、頬に、瞼《まぶた》に、込み上げる想いのままに細かいキスを数限りなく落としたのだった。

その後、互いに三度達し合ったあと、水を飲みたい、という柚木のために本城はキッチンへと向かい、彼の分と自分の分のミネラルウォーターのペットボトルを手に寝室へと戻った。

「悪い」

起こしてくれ、と手を伸ばしてきた彼のその手を取り、身体を起こしてやる。その分ではキャップを開けるのもしんどいだろうと思い、ペットボトルのキャップを開けて渡してやると、

「サンキュー」

と柚木は笑い、ごくごくと水を飲み干した。本城もまた柚木に背を向ける形でベッドに腰掛け、同じく水を飲み干す。

柚木は早々に飲みきってしまったらしく、ぐしゃ、とペットボトルを手の中で潰す音が背後でした。

「なあ」

呼びかけられ、振り返ろうとした背に、柚木がもたれかかってくる。

「なんだ？」

熱い頬を背中に感じつつ本城が問い返すと、柚木がぽつりと問いかけてきた。

「なんでお前、今夜、来たんだ？」

「だから……」

その問いには答えたはずだが、と思いつつ、本城が答えを口にする。

「お前を一人にしたくなかったんだよ」

「なあ」

と、またも柚木が声をかけ、更に強く頬を本城の背に押し当ててきた。

「なんだよ」

問い返した本城の背で、柚木のいかにもからかっているといった調子の声が響く。

「もしかしてお前、俺に惚れた？」

「………」

その問いは、桜井にも先ほど投じられたものだった。

違うと思う、多分——導き出した答えはそれだったが、はたして本当に違うのか、と本城は密かに首を傾げる。

今宵《こよい》、柚木の許を訪れたのは、純粋に彼が心配だったためだった。その動機は刑事としての責任感にもなければ、甘っちょろい『同情』にもない。

ただ、もしも彼が泣いているのだとしたら胸を貸してやりたかった。腕を欲しているのなら、腕を与えてやりたかった。セックスを欲しているのなら、抱いてやりたかった。

その思いはやはり、どう考えても——。

同性に惚れたことはない。しかも相手は百戦錬磨の強者だ。配属した夜にいきなり乗っかってくるような節操なしだ。

女だとしても好みじゃない。いくら顔が綺麗だといっても、俺はどちらかというと清楚《せいそ》なタイプが好きだったはずだ。

それでも——そんなことを考えていた本城の背で、柚木がくすりと笑う。

「冗談だよ」

そのまま身体を離そうとした彼の声音は、相変わらず笑いを含んでいたし、口調は言葉どおり冗談めかしていたけれど、微かな震えを本城は聞き逃さなかった。

そんなことに気づくことこそが『答え』だろうな、と思いながらも、すぐに認めるのはさすがにはばかられた彼の口から、ぽつりと言葉が漏れる。

「ああ、惚れた………多分」

「え?」

振り返った先、柚木はぽかんとした顔をしていた。まるで幼な子のようなその顔を確かに愛しく感じる、と本城は心の中で頷くと、手を伸ばし柚木の背を抱き寄せる。

「……『多分』……かよ」

本城の胸の中で柚木が悪態をつく。彼の声は今度は注意深く聞かずとも、はっきりと涙に震えていた。

「仕方ねえだろ。今まで男に惚れたことなんかねえんだから」

本城もまた、柚木に悪態をつき返す。口ではそんなことを言いながらも、そのとき本城の腕は、声ばかりか肩まで震え始めた華奢な柚木の身体を心からの愛しさを込め、しっかりと抱き締めていた。

危険の芽は早いうちに摘んでおく

「ねえ、ポンちゃんって、今までどんな女と付き合ってきたの？」

「はあ？」

濃厚な行為のあとのピロートークで、柚木から唐突にそんな問いをしかけられた本城は、思わず素っ頓狂な声を上げてしまった。

「急になんだよ」

「急に思いついたんだよ」

柚木がごろりと寝返りを打ち、肘をついて本城を見下ろしてくる。

「くだらない」

そんな彼の背を本城は抱き寄せ、胸に抱いたまま眠りにつこうとしたのだが、柚木は本城の腕から逃れると、

「教えてくれたっていいじゃん」

と口を尖らせた。

完璧といっていい美貌を誇る彼のそんな子供じみた仕草は強烈な魅力を放ち、可愛い、と本城は思わずごくりと唾を飲み込む。

いくらこれが男の気を引くために計算し尽くされた表情だとわかっていようとも、魅力的であることには変わりはない。が、今まで数多くの男がこの表情を見てきたかと思うと、あまりいい気分ではないな、と本城は思い、ぺし、と柚木の額を叩いた。

「いて」

「寝るぞ」

答える気はない、と寝返りを打ち、彼に背を向けた本城に覆い被さるようにして柚木が顔を覗き込んでくる。

「ねえ、教えてよ」

「うるさい」

囁く柚木の声と共に、彼の吐息が本城の耳朶《じだ》を擽《くすぐ》る。ぞわ、とした刺激が腰から背筋を上り、先ほど散々精を吐き出したはずの本城の雄に熱がこもった。

それを見透かしたかのように柚木の手が本城の下肢に伸び、勃ちかけた雄をやんわりと握る。

「よせって」

まだする気か、とその手を振り払いつつ振り返った本城に、柚木はニッと笑ってみせた。

「だって俺の過去は知られているのに、俺がポンちゃんの過去を一つも知らないってなんか不公平じゃない」

柚木の『過去』は確かに本人により明らかにされ、本城を始め刑事たち皆の知るところとなった。が彼が過去を明かしたのは事件解決のためであり、それとこれとは話が違う、と本城は無視を決め込むことにした。

「一番最近まで付き合ってたのって、どんな人？」

「………」

「いつ頃まで付き合ってた？　三ヶ月？　半年？　一年？　それとも二年？　まさか三年以上前とか？」

「………」

何を聞かれても答えない本城の口を開かせようとしたのだろう、柚木が親指と人差し指の腹で本城の雄の先端を擦り上げた。

「よせって」

もっとも敏感な部分を弄られ、柚木の手の中で本城の雄があっと言う間に硬さを増していく。

「さっき三回もいったのに、元気だね」

くすくす笑いながら柚木が背後から本城の顔を覗き込んでくる。

「誰のせいだ」

もういい加減にしろ、と本城が柚木を振り返り腕を摑むと、してやったり、とばかりに柚木はにやりと笑い、質問を再開した。

「それじゃ、今まで男と付き合ったこと、ある?」

「……ないよ」

目を合わせてしまっては無視もできない、と本城がぶすりと答える。

「桜井は?」

「桜井?」

唐突に出された同僚の名に、本城が戸惑いの声を上げた。

「そう、二人随分仲がいいけど、ヤったこと、ある?」

「あるわけないだろう」

柚木の言うとおり、桜井と本城はまさに『ツーと言えばカー』という仲ではあったが、そこに恋愛感情はない。何を馬鹿な、という思いがつい声に表れた本城に、

「誘われたことは?」

と柚木が重ねて問いかけてきた。

「ない」

即答した本城だが、また柚木が雄を握ってきたのに「おい」と声を上げる。

「飲んでる最中、こうして触られたことくらい、あるんじゃない?」

再び手首を摑もうとした本城の手を素早く避け、柚木がまた雄をぎゅっと握る。

「だからよせって」

　ここで本城が答えを誤魔化したのは、泥酔した際、桜井とふざけて互いの雄を握り合ったことを思い出したためだった。

「あれ、あるんだ？」

　柚木がそれに気づき、悪戯っぽく笑いながら更に追及しようと身を乗り出す。

「触られてどうした？　キスくらいした？」

「なんで桜井のことばかり気にするんだ」

　話を打ち切ろうと本城がまた柚木の手首を掴む。

「あれ、妬いてる？」

　くす、と笑った柚木が今度は本城の腰に脚を絡めてきた。

「妬いてない」

　答える本城の声は、喉にひっかかり掠れていた。先ほど触られたせいで勃ちかけた雄が、どくん、と大きく脈打ち急速に形を成していく。

「俺は妬いてるよ」

「え？」

　ぼそりと呟いた柚木の言葉を本城が問い返そうとしたときには、既に唇を塞がれていた。

　明日も早いというのに、こうして誘惑に屈するのはどうなのだと思いながらも、身体の向きを変え、柚木の背を抱き寄せる。

「……ポンちゃんは鈍感だから。このくらいしなきゃダメなのにね」

キスの合間に柚木がクスリと笑いかけてくる。

「なんのことだよ」

意味がわからない、と眉を顰めた本城に「一生気づかなくていいから」と柚木は更に意味深なこと言って笑うと、問いかけようとする本城の意識を逸らすべく、その身体の下で大きく脚を開き、妖艶に彼を誘ったのだった。

あとがき

はじめまして&こんにちは。愁堂れなです。

この度は六十三冊目のルチル文庫『ＣＯＯＬ　～美しき淫獣～』をお手に取ってくださり、本当にどうもありがとうございました。

本書は二〇一二年にルナノベルズから発行いただだいた本の文庫化となります。文庫化にあたり、コミコミスタジオ様用に書き下ろしたショート『危険な芽は早いうちに摘んでおく』を併禄していただきました。

実はもとより『ＨＯＴ』という対になる続編が出るのが決まっていたのですが、レーベルがなくなってしまったため宙に浮いていたところ、今般、ルチル文庫様で続編も含め、発行していただけることになりました。

ご快諾くださいました担当様、ルチル文庫様、本当にどうもありがとうございます。心より御礼申し上げます。

ビッチだけど実は愛を知らない受と、鈍感だけど男らしい攻の名前はそれぞれ『柚木』と『本城』通称『ポンちゃん』で、『ゆずポンコンビ』というコンビ名まで密かに決めていたので、こうして既刊をご発行いただき、そして続編も書かせていただけるようになり、大変感激しています。

皆様にもこの『ゆずポンコンビ』が少しでも気に入っていただけるといいなとお祈りしています。

イラストをご担当くださいました麻々原絵里依先生、美人過ぎる柚木を、心身共にイケメンの本城を、そして個人的お気に入りの桜井を、めちゃめちゃ素敵に描いていただけて本当に嬉しかったです。

次作でもどうぞ宜しくお願い申し上げます。

また、何から何までお世話になりました担当様をはじめ、本書発行に携わってくださいましたすべての皆様に、この場をお借り致しまして心より御礼申し上げます。

最後に何より、本書をお手にとってくださいました皆様に、御礼申し上げます。

ビッチ受けは殆ど書いたことがなかったのですが、いかがでしたでしょうか。自分でも大好きな作品ですので、皆様にも少しでも気に入っていただけましたら、これほど嬉しいことはありません。

今回、文庫化するのにあらためて読み返してみて、桜井がなんだか哀れに思えてきてしまいました（笑）。

ゲイの監察医とその恋人など、これから活躍させていきたいと思っていますので、よろしかったら次の『ＨＯＴ』もどうぞ、お手に取ってみてくださいね。

次のルチル文庫様でのお仕事は、来月新作書き下ろしの文庫を発行していただける予定となっています。

自分でいうのもなんですが（笑）まさに私が大好きな二時間サスペンス調のお話となりましたので、こちらもよろしかったらどうぞ、お手に取ってみてくださいませ。

また皆様にお目にかかれますことを、切にお祈りしています。

平成二十八年三月吉日

愁堂れな

（公式サイト『シャインズ』 http://www.r-shuhdoh.com/）

「花嫁は二度さらわれる」
愁堂れな
イラスト 蓮川愛
ヨーロッパを震撼させる怪盗「blue rose」の、次の犯行の舞台は日本――。ICPOの警護協力に抜擢されたのは、若くして警視に昇進し"高嶺の花"と称される美貌の持ち主・月城涼也だった。だが、彼の前に現れたグリーンの瞳が印象的なICPOの刑事・キースに「ボーヤ」とからかわれ、さらに二人でツインルームに一泊する羽目となり――!?
本体価格552円+税

✦初出　COOL　～美しき淫獣～…………………ルナノベルス「COOL　～美しき淫獣～」
（2012年1月）
危険の芽は早いうちに摘んでおく…中央書店コミコミスタジオ販促ペーパー

愁堂れな先生、麻々原絵里依先生へのお便り、本作品に関するご意見、ご感想などは
〒151-0051 東京都渋谷区千駄ヶ谷 4-9-7
幻冬舎コミックス　ルチル文庫「COOL　～美しき淫獣～」係まで。

幻冬舎ルチル文庫

COOL　～美しき淫獣～

2016年3月20日　第1刷発行

✦著者	愁堂れな　しゅうどう れな
✦発行人	石原正康
✦発行元	株式会社 幻冬舎コミックス 〒151-0051 東京都渋谷区千駄ヶ谷 4-9-7 電話 03(5411)6431［編集］
✦発売元	株式会社 幻冬舎 〒151-0051 東京都渋谷区千駄ヶ谷 4-9-7 電話 03(5411)6222［営業］ 振替 00120-8-767643
✦印刷・製本所	中央精版印刷株式会社

✦検印廃止

ISBN978-4-344-83470-5　C0193　Printed in Japan